本书受潍坊学院博士基金支持

《三国演义》的神话学阐释

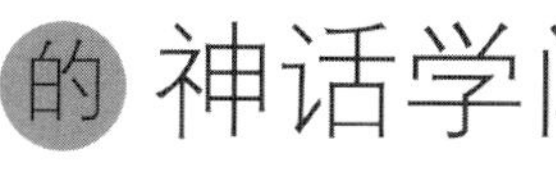

李 铁◎著

中国社会科学出版社

图书在版编目(CIP)数据

《三国演义》的神话学阐释／李铁著．—北京：
中国社会科学出版社，2016.4
ISBN 978－7－5161－7484－5

Ⅰ.①三…　Ⅱ.①李…　Ⅲ.①《三国演义》研究
Ⅳ.①I207.413

中国版本图书馆CIP数据核字(2016)第017955号

出 版 人　赵剑英
责任编辑　曲弘梅
特约编辑　薛敏珠
责任校对　王　影
责任印制　戴　宽

出　　版　中国社会科学出版社
社　　址　北京鼓楼西大街甲158号
邮　　编　100720
网　　址　http://www.csspw.cn
发 行 部　010－84083685
门 市 部　010－84029450
经　　销　新华书店及其他书店

印　　刷　北京金瀑印刷有限责任公司
装　　订　廊坊市广阳区广增装订厂
版　　次　2016年4月第1版
印　　次　2016年4月第1次印刷

开　　本　710×1000　1/16
印　　张　10
插　　页　2
字　　数　148千字
定　　价　39.00元

序

张　华

有关中国古典文学四大名著之一《三国演义》研究的论著，可谓汗牛充栋，而从神话学视角对其进行阐释的著作却极为鲜见，因此，“《三国演义》的神话学阐释”作为一个学术话题，必有新意。李铁博士的这部书稿，正是以这样一个新颖的学术话题为研究领域，系统总结其多年读书和科研思考的心得体会，并以此话题作为书名的一部专著，非常值得从事文艺理论与批评研究的学人品读。

之所以能够如此断言，还基于这样一个文学共识，即神话是人类文学艺术的原初形态，人类早期形成的经典均具有神话痕迹，或充满着神话元素，甚至有的就是神话集。《圣经》、《古兰经》和《山海经》均是如此，古印度的《罗摩衍那》、古希腊的《荷马史诗》、古罗马的《埃涅阿斯纪》、古波斯的《列王纪》、我国藏族的《格萨尔王》以及我国最早的诗歌总集《诗经》也概莫能外。在《〈政治经济学批判〉导言》中，马克思对神话和人类童年的艺术有着非常精彩的论述，以至于学习过马列文论的人都耳熟能详：希腊神话不只是希腊艺术的武库，而且是它的土壤，成为希腊人的幻想的基础……希腊艺术的前提是希腊神话，也就是已经通过人民的幻想用一种不自觉的艺术方式加工过的自然和社会形式本身，这是希腊艺术的素材……一个成人不能再变成儿童，否则就变得稚气了。但是，儿童的天真不使他感到愉快吗？他自己不该努力在一个更高的阶梯上把自己的真实再现出来吗？在每一个时代，它的固有的性格不是在儿童的天性中纯真地复活着吗？为什么历史上的人类童年时代，在它发展的最完美的地方，不该作为永不复返的阶段而显示出永久的魅力呢？马克思的这段话，恰好说明了神话是人类文学的雏形，是文学的“童年”，随后的文学发展无论在形式还是内容上，都不免会再现“童年的记忆”。李铁博士的这部新著，正是通过神话学的基本原理，阐述了《三国演义》中存在的“天人感应”、“巫与术”和“预言性童谣”的神话思维，运用神话—原型论批评方法，结合其他批评视角，详尽分析了《三国演义》的“英雄历程”、“神话母题”，完整再现了三国演义式叙事所呈现的神话结构。

文学理论与批评，在不同的历史阶段呈现出的是不同的方式，并在当时的社会文化语境下形成热点。比如，历史—社会批评、形式主义批评、新历史主义批评、心理分析批评、女性主义批评、神话—原型批评、生态批评，等等。神话—原型批评，虽为文学理论与批评诸多方式中的一种，但由于其产生时所处的现代优势，必然呈现出非单一的综合性批评特征，也正因为如此，运用神话—原型批评理论和方法，透过一个颇为新颖的视角来阐释《三国演义》就应该是顺理成章、令人信服的。李铁博士在书中说，从表层意义上来看，神话中形成的种种神话观念深深植根于社会之中，大量地出现在历史演义文学作品中，所以，神话在失去了它所诞生的土壤之后，并没有真正地消失。从深层意义上来看，由于神话原型是对原始初民时期就有的人类情感、价值标准、民族心理以及生活经验的高度浓缩与总结，因此，通过对神话原型的继承，历史演义文学也把民族文化中最重要的部分得以一代代传承下来。其实在我看来，人类文学、文化和文明，作为人类生活的精神部分，就如同一个人物质或肉体的部分一样，其诞生时期的物质 DNA（脱氧核糖核酸）会得以延续，其童年时期的文化 Gene（基因）也将得以传承。神话，就是人类文学、文化和文明的这种 DNA 和基因。

李铁博士 2009 年考入北京语言大学，攻读比较文学与世界文学专业硕士学位，我是他的指导教师，2012 年获中国留学基金委资助赴韩国启明大学师从韩国汉学家尹彰浚教授攻读中国学专业博士学位，

2015年获得博士学位并受聘于山东潍坊学院任教。多年的学术交往与联系，我印象最为深刻的是其心甘情愿为学术进行付出的治学精神，及其不断积极进取、对知识孜孜以求的人生态度。在北京语言大学期间，对留学生进行非义务汉语辅导的机会很多，兼职为留学生上课挣钱的岗位也不少，他却不为所动，安心寒窗苦读三年，除了参加各类学术讲座、学术会议之外，他每天的生活轨迹基本上就是延续大学校园里传统读书人的“三点一线”；硕士研究生毕业时，李铁也完全可以有一份收入不错的工作，他却选择了到韩国高校继续深造。在韩国期间，为了能够顺利阅读韩文学术资料，他通过辛勤、艰苦的努力学习，很快从零起点达到了韩国教育部要求的目标水平，顺利地完成了学业。

李铁的这本学术著作就要出版了，这既让我喜出望外，而又在情理之中。喜出望外之处，正在于其独特的学术视角和新颖的理论见解，而之所以说在情理之中，则因为功夫不负有心人，一分耕耘，必有一分收获。如果说李铁博士在北京语言大学和在韩国启明大学求学的这些年，还是位如饥似渴汲取知识营养的青涩学子，今天，他已经成为一位可以教书育人反哺社会的青年学者，这自然是他的老师们再高兴不过的事情。因此，当李铁博士邀我为其专著作序的时候，我本着可以先睹为快和可以从这里学习到很多新东西的态度，欣然应允。与此同时，也衷心祝愿李铁博士的学术之路越来越顺利，收获更为丰富、更为坚实的学术成果！

2016年3月12日静淑苑

目　　录

第一章　绪论 ………………………………………………………………（1）

第一节　本书的研究目的与方法 ………………………………………（1）

一　研究目的 ……………………………………………………………（1）

二　研究方法 ……………………………………………………………（3）

第二节　本书的研究内容与意义 ………………………………………（6）

一　研究内容 ……………………………………………………………（6）

二　研究意义 ……………………………………………………………（8）

第二章　神话是一种规范 ……………………………………………（11）

第一节　原始思维下神话的意义与功能 ………………………………（12）

第二节　从神话到历史演义小说 ………………………………………（19）

第三章　《三国演义》中的神话思维 ………………………………（30）

第一节　《三国演义》中的天人感应 …………………………………（31）

一　神灵显圣 ……………………………………………………………（32）

二　星落人陨 ……………………………………………………………（43）

三　神奇的梦境 …………………………………………………………（50）

四　其他预兆 ……………………………………………………………（59）

第二节　《三国演义》中的巫与术 ……………………………………（67）

一　祭祀 …………………………………………………………………（67）

二　巫术 …………………………………………………………………（69）

三　异人 …………………………………………………………………（76）

第三节　《三国演义》中的预言性童谣 ………………………………（81）

第四章 《三国演义》中的神话结构（上） …………………… (86)
第一节 原型批评 …………………………………………… (87)
一 原型批评的理论渊源 ………………………………… (87)
二 "神话"与"原型"概念的由来及发展 ……………… (90)
三 神话学意义下原型中的母题与结构 ………………… (93)
第二节 千面英雄 …………………………………………… (96)
第三节 三国英雄的共同旅程 …………………………… (100)
一 英雄冒险的发生阶段 ……………………………… (100)
二 英雄冒险的成长阶段 ……………………………… (106)
三 英雄冒险的结束…………………………………… (111)
第四节 甘露寺——一个完整的神话 ………………… (112)
第五章 《三国演义》中的神话结构（下） ………………… (119)
第一节 从金羊毛到甘露寺——四个神话母题 ……… (119)
第二节 父与子的冲突——杀父母题的演变 ………… (130)
第三节 仪式禁忌相关的神话母题 …………………… (137)
第六章 结语——神话从未离我们远去 ……………… (144)
参考文献 ………………………………………………… (149)

第一章

绪　论

第一节　本书的研究目的与方法

一　研究目的

本书的研究目的在于通过神话学的视野来观照中国的历史演义小说，从神话学的角度来分析中国历史演义小说中存在的神话思维，阐明中国历史演义小说对神话的继承与传播，探讨中国历史演义小说对中国社会所产生的文化意义，并以《三国演义》为例来进行具体的文本分析。

神话学中的“神话”，与日常生活中所常常使用的“神话”有所不同，今天汉语里所使用的“神话”一词，是留日学生蒋观云在1903年从日语中转译而来。日语中的“神话”一词，是英语myth的译词，而其最初的根源，则来自希腊语mythos或是muthus，即故事、叙事的意思。神话学领域中，至今对“神话”还没有一个共同的定义，不同的学者有着不同的看法，可以说，有多少个神话学者，就有多少个“神话”定义。但从总体上把握的话，可以看出，这些学者对“神话”的定义虽然各有自己的见解，但在一些最根本的问题上还是比较一致的，在这些学者的研究基础上，杨利慧在《神话与神话学》中提出了一个较为适中的定义，即神话是有关神祇、始祖、文化英雄或神圣动物及其活动的叙事，它解释宇宙、人类（包括神祇与特定族群）和文化的最初起源，以及现时世间秩序的最初奠定。① 简言之，

① 杨利慧：《神话与神话学》，北京师范大学出版社2009年版，第5页。

神话是人类解释自然现象以及存在意义的一种叙事。

在这个基础上可以清楚地看到，东西方神话大体是相似的，即神话是在原始初民时期，人类对自然社会的一种经验式的解释，这种解释不仅仅能用来指导人们在现实世界中的生产生活，还在超验的层面为人们提供意义，从而慰藉人们的心灵。在相当长的一段时期内，无论东方还是西方，人们对神话几乎都是确信不疑的。

在很长一段时间内，神话的神圣地位是不可动摇的，但从“轴心时代”之后，东西方对待神话的态度就有了巨大的差异。在古希腊，随着逻辑理性的成熟，神话逐渐走向衰落，早期的哲学家们，指责神话是非理性的，认为神话是以一种欺骗的方式来叙述事件。在这一观点的影响下，神话以及神话思维在西方逐渐走向衰落，特别是到了18世纪启蒙运动之后，理性建立起了对整个西方世界的统治，神话作为非理性的、不科学的一种叙事被全面打压。相反地，在中国经历了“轴心时代”之后，代表中国主流思想的儒家，却依旧肯定诗歌中所继承的神话的训谕功能与类比联想的思维方式，并且认为诗歌可以“兴观群怨”，把诗歌推到了崇高的地位。在中国五千年的传统文化中，神话从来就不曾作为一个独立的对象被抽象出来，而是一切道德、学术、思想的共同前提和背景。① 而这种诗歌可以用来教化的观念以及诗歌中类比联想的思维方式，就为后来的文学所继承并借由文学传播，从而把中国神话的训谕功能与神话思维，一直传承下来。此外，神话的作用也出现在历史中，通过历史化，发挥着独特的作用。袁珂曾经在《中国神话通论》中指出，神话沿着文学化的道路发展，和历史人物相结合，使有文字记录的很多历史人物都染上了神话的色彩。② 与西方相比，中国的神话体系尽管并不发达，没有如古希腊罗马神话那样具有完备的体系。但中国的神话有着自己的特点，首先，

---

① 黄悦：《神话叙事与集体记忆：〈淮南子〉文化阐释》，南方日报出版社2010年版，第12页。

② 袁珂：《中国神话通论》，巴蜀书社1991年版，第35页。

中国的许多神话是混融在古史传说中的，这使得神话本身就构成了历史的一部分。其次，中国的神话渗透在整个中国古代的社会生活之中，处处对人们的行为方式与认知方式产生影响。这样一来，在中国的历史著作中本身就带有了神话思维的方式，受此影响，中国的历史演义文学中更是具有丰富的神话思维，包含着大量的母题。而且由于历史演义文学的这种特点，使得历史演义文学也具有了神话一般的社会教化与整合功能，并且对社会文化带来了深远的影响。

本书要指出的是：第一，与西方不同，中国的神话思维始终存在于中国几千年的社会生活中，从而也就体现在几千年的文学作品中。历史演义小说自然也具备这一思维，从而也具备了神话一般的社会整合功能。第二，历史演义小说传承了中国神话的训谕功能与类比联想的思维模式，从而使整个社会在小说的接受过程中延续了神话的思维模式。第三，神话中的母题在历史演义小说中处处可见，从而对中国的社会文化产生了深远的影响。本书之所以把《三国演义》作为研究对象，是因为以下两个原因：首先，作为第一部成熟的中国历史演义小说，《三国演义》在内容情节、布局谋篇、人物刻画等方面，都对后来的演义小说起到了开创式的典范作用。其次，《三国演义》在社会上的影响，是其他历史演义小说所不能比的，正如《三国演义》研究的专家，《三国演义大辞典》的编纂者之一沈伯俊所说："《三国演义》是中国文学史上第一部成熟的长篇小说；是一部对中华民族的精神生活和民族性格产生了深远影响的伟大作品，在亚洲和世界其他地方也广泛传播。"① 在《三国演义》的影响下，明清时期出现了大量的三国戏曲及有关三国的诗文，对中国的社会文化、民族心理都产生了深远的影响。

二 研究方法

1. 神话—原型批评

神话—原型批评是一种文学研究的途径或者说是文学批评的方

① 沈伯俊、谭良啸编著：《三国演义大辞典》，中华书局2007年版，第1页。

法，它最早起源于20世纪初的英国，大约在第二次世界大战之后在北美兴盛起来，被普遍认为是当前与马克思主义批评、精神分析批评并立的三大文学研究的主要方法或文学批评的主要模式之一。最开始，这一文学批评方法流行的名称是“神话批评”（myth criticism），被用来指那些从早期的如神话、巫术仪式、图腾崇拜等现象为切入点来探索和解释文学现象，特别是文学起源及发展变迁的一类文学批评与研究的倾向。到1957年，加拿大学者弗莱（N. Frye）在其经典著作《批评的解剖》中系统地阐发了这一流派的批评理论，正式确立了以“原型”概念为核心的“原型批评”的理论。所谓“原型”，即“archetype”，它最早出自希腊文的“archetypes”。“arche”的意思是“最初的”“原始的”，而“typos”的意思是“形式”。古希腊哲学家柏拉图（Plato）最早使用这个词来指称事物的理念本源，因为在柏拉图看来，事物都是理念的模仿，而理念才是一切事物的本源，因此，用“原型”一词来称事物的本源。经过两千多年，这个词被荣格从心理学与文学的关系角度赋予新义，成为神话批评的重要概念。从那以后，神话批评与原型批评成为两个同义词。在本书中，参照叶舒宪先生在《神话—原型批评》中的观点，将其统称为“神话—原型批评”，简称时为“原型批评”。神话—原型批评作为文学批评的重要模式之一，是本书所使用的重要方法论。本书将通过对文本的分析，探索《三国演义》中隐含的神话原型，包括经过变形的各类神话母题、隐含的神话结构等。

2. 文本分析法

对历史演义文学进行神话学视野下的分析，必然需要对文本进行分析，本书将对《三国演义》进行细致的分析，通过具体的文本例子来支持论文的观点。首先，要从神话学的角度来揭示《三国演义》中存在的神话观念，通过以天人关系为线索考察《三国演义》中出现的神灵显圣、预兆、梦境、巫术、祭祀等，分析其中所体现的神话思维。神灵显圣部分从天神显身、英雄死后显圣、鬼魂出现这三个层面加以分析。预兆则通过观星象，识风兆，观察灾异与祥瑞现象等展开分析。梦境部分结合伊利亚德（Eliade）的神圣空间理论进行分析。而巫术和祭祀部分则注重于交感巫术下人与神灵的沟通。其次，通过原型批评的方法对《三国演义》的人物成长过程以及故事单元进行分析，通过分析人物成长的过程，魏、蜀、吴的兴衰以及一系列事件等，指出《三国演义》中内在的神话原型及母题。具体上首先通过与希腊神话的对比分析，揭示出《三国演义》故事中所体现出来的神话母题，如宝物母题、难题求婚母题、杀父母题等。另外以坎贝尔的单一神话结构来对《三国演义》主要人物的一生进行对应的分析，主要以刘备、孙权、曹操为例，从英雄出生开始，一直到英雄死后成神的各个阶段对应分析。此外还对具体的英雄历险事件进行分析，以《三国演义》中的甘露寺情节为例，最终揭示出《三国演义》中英雄成长的情节发展也遵循了这一神话结构。

3. 其他各类神话学研究方法

芬兰民俗学家杭柯（honko）通过在对以往学者对神话进行研究时所使用的方法进行归纳总结，整合出最为常用的十二种神话学方法，分别是：作为认识范畴来源的神话、作为象征性表述形式的神话、作为潜意识的投射的神话、作为人类适应生活的整合因素的神话、作为世界观及行为特许状的神话、作为社会制度的合法化证明的神话、作为社会关联性标牌的神话、作为文化的镜子和社会的结构等的神话、作为历史状况之结果的神话、作为宗教交流的神话、作为宗教性文类的神话、作为结构媒介的神话。①

叶舒宪则从神话解读的方法论角度，把上述十二种神话研究维度简化为神话阐释的八大学派：语言学派的解释、仪式学派的解释、自然学派的解释、历史的解释、心理学的解释、哲学的解释、结构主义的解释、女性主义神话学。②

---

① ［美］阿兰·邓迪斯编：《西方神话学论文选》，朝戈金译，上海文艺出版社 1994 年版，第 63 页。

② 叶舒宪：《神话的意蕴与神话学的方法》，《淮阴师范学院学报》（哲学社会科学版）2002 年第 24 期。

在使用神话学理论对历史演义小说进行研究的时候要注意：从神话学的角度对历史演义小说进行分析，固然离不开对神话理论的使用，但使用的时候必须与中国的文化相结合，不能无中生有，牵强附会。在立足中国文化的基础上，通过神话学方法来揭示历史演义小说与神话的密切关系，指出神话虽然作为一种不可复制的文学样式已经失去其产生的土壤，但依旧以变形的方式存在于后世文学作品中，历史演义小说就是神话的载体之一，通过历史演义小说，神话的功能得以发挥。

神话所反映的，是原始初民时期，不同地域不同文化的人们共同思考的问题，因此，即使是不同地域的神话也会在某种程度上具有极大的相似性。因此对历史演义小说所包含的母题研究的时候，更要注意这种现象，做到把历史演义小说中所包含的母题纳入世界范围的视野中来。在对历史演义小说进行神话学解读时，对其中的某一个母题蕴含的那些反映原始先民思想情感、认知方式等基本的文化因子进行分析比较，从而发掘保存在历史演义小说中的文化传承。

在本书中，主要使用的方法包括仪式学派的解释、自然学派的解释、历史的解释、心理学的解释、哲学的解释等对《三国演义》及其他历史演义小说进行分析，用仪式学派的相关观点分析演义中出现的巫术与仪式，用自然学派的观点分析演义中所包含的也是蕴含于五千年中华文化中的天人感应观念，从历史、哲学的角度来分析演义中的天道观念，从心理学的角度来分析演义中英雄成长过程与人类集体心理的关系。

第二节　本书的研究内容与意义

一　研究内容

本书的研究内容分为以下三个部分。

第一部分阐释中国的历史演义小说与神话的关系。这一部分首先讲述神话的功能以及独特的神话思维，指出神话的功能具体包括指导人们进行认识自然与改造自然的活动，指导人们进行社会活动，从意义层面对人们的行为进行规范并提供必要的经验借鉴。进而指出神话之所以能发挥这样的功能是由于神话思维的特点所决定的。中国的神话虽然没有西方神话那样形成系统，但中国的神话思维却始终存在于社会文化的发展过程中，神话通过历史演义小说等文学样式得以传播和继承下来。其次讲历史演义小说与神话的关系，指出神话中的种种观念借由小说得以继承下来，历史演义小说中出现的种种神话观念，体现了神话思维对人们的巨大影响。如神明显身干预现实世界，通过降临征兆预示国家与个人的命运，祖先或者死去的英雄显圣，以及种种巫术、祭祀现象都在历史演义小说中有充分的体现。

第二部分具体以《三国演义》为例，分析《三国演义》这部历史演义文学中的神话观念。这一部分以《三国演义》中出现的大量的神话观念为例从天人关系的角度展开具体分析，大致包括以下内容，首先，以神明降临、英雄死后显圣、鬼魂的出现为内容的关于神灵直接出现的情况分析；其次，分析《三国演义》中的征兆，因为征兆在神话思维中被认为是神明用于向人们传达某种信息的方式；在此基础上，分析星象等自然征兆以及梦兆等在古代被看作预兆的种种现象；最后，对祭祀、巫术进行了分析，指出祭祀与巫术是人用来与神明沟通以实现自己目的的主要手段之一；此外，那些被认为能与神沟通，具有一般人所不具备的神奇能力的异人，也成为文章所要分析的一个内容。

第三部分则首先要具体地分析《三国演义》中的神话原型。首先介绍神话—原型这一神话学批评方法的发展源流，并以此介绍神话原型中的单一神话结构与母题。在单一神话结构部分以坎贝尔《千面英雄》中的单一神话理论为基础，分析在以英雄故事为中心的历史演义小说中的同一结构。然后从魏、吴、蜀三国的主要人物的发展历程以及具体事件的进展中来分析《三国演义》文本的神话结构。最终揭示出《三国演义》中主要人物的成长过程，都符合坎贝尔所提出的单一神话结构。而在神话母题部分则指出历史演义小说中包含了大量变形的母题，这一部分以《三国演义》的具体故事情节与古希腊神话中的相关故事进行对比，发现其中的相同要素，继而通过母题分析的方法，对《三国演义》中所包含的母题进行分析，指出神话中的杀父母题、夺宝母题、禁忌母题、女神援助母题等，在《三国演义》中均有曲折的表现。通过以上的分析，可以看出，神话确实对历史演义小说有着重大的影响，同时，通过历史演义小说，神话的功能得以传播，人们通过阅读历史演义小说，也可以从中体验到神话的意义。

二　研究意义

从神话学的角度对历史演义小说进行考察的第一个重要意义就是有助于进一步理解中国文化。

神话是一个民族的文化根脉，它反映了一个民族自原始初民开始就逐渐形成的社会文化基础与思维认知方式，决定了一个民族的价值观念、审美标准与行为准则。神话对于民族的形成、发展以及作为一个具有自我特征而有别于其他的民族存在于世界民族之林具有无可比拟的重要意义。神话中所包含的原型，以结构、情节等形式存在于千百年来的文学作品之中，经由这些作品的口笔相传，把民族的文化传承到今天。一个没有神话存留的民族是不可想象的，失去了神话的民族，就如同失去了自己的根基。尽管到了今天，科学技术正日新月异地改变着这个社会，但神话却依旧没有退出历史舞台，相反地，在物质高度发达而精神日益空虚的今天，人们比以往任何时代都更加需要神话的救赎。正如此前所指出的那样，神话的诞生，不仅仅是为了人们解释自然，更是对人类情感的一种回应，它对人类的作用，不仅仅在于指导人们解释自然认识自然，更在于为人们提供一种意义上的慰藉，使人们在社会生活中不至于迷茫。在中国，自 1840 年以来，随着国门被西方的坚船利炮打开，中国进入了半殖民地半封建社会，百年来，民族独立、富国强兵，成为无数先进的中国人所追寻的目标，向西方学习先进的科学技术与政治制度，成为当务之急。到今天，随着中国已经开始步入现代化社会，保存并弘扬民族文化，已经成为新时期的新课题。而在传统民族文化中，最重要的一个部分毫无疑问就是神话。

神话具有强烈的民族性，各个国家和民族的神话以及衍生出来的相关传说在一定程度上都反映了这个民族的特性，与西方不同的是，中国的神话虽然不发达，但中国的神话中所体现的思维及民族特性，却渗透于中国人的日常生活之中，并且在一代代的文学作品中流传下来，其中，历史演义文学，就是神话思维流传的一个重要的途径。通过分析历史演义中的神话思维、神话观念，把握历史演义中体现的神话原型，有助于更好地了解中华民族的民族精神，更深刻地解读中华民族的民族文化，从而进一步深入了解中国。

第二个重要的意义就是为文学创作提供借鉴。

从文学上讲，神话本身就具有文学的功能。作为人类文明源头的神话，在漫长的历史发展过程中，其功用逐渐分为科学与艺术两大类，解释自然与规范人们行为的功能产生了如今的自然科学与社会科学。而直观的思维方式与象征的表现手法则为今天的文学所继承。所谓的"神话文学化"实质上是神话本身所具有的这些文学因素在漫长的文化发展过程中的必然结果。而且，由于神话是人类原始时期产生的整个民族对自然与社会的共同的认识，体现的是全民族共同的心声，神话中的原型是一个民族文化的高度凝练。因此，神话就具有高度的概括性与代表性，正如荣格所说的那样："谁讲到了原始意象，谁就道出了一千个人的声音，可以使人心醉神迷，为之倾倒。"① 正是通过神话的原型作用，人们可以把作为个体的自我与整体相连，通过体验原型的力量使自己归属于这个社会之中。"他把个人的命运纳入人类的命运，并在我们身上唤起那些时时激励着人类摆脱危险，熬过漫漫长夜的亲切的力量。"② 通过原型，一方面缩短了当今人们和远古

① 叶舒宪编：《神话—原型批评》，陕西师范大学出版总社有限公司 2011 年版，第 97 页。

② 同上。

社会的距离，另一方面把个人与社会群体联系在一起。而伟大的艺术作品，正是通过对原型的把握与再创造，增强了文学作品的感召力，使作品具有巨大的艺术魅力，从而穿越古今中外，具有打通时空的力量。从这一点出发来分析神话思维对历史叙事的影响，可以开拓文学研究的视野，使人在阅读的过程中进一步了解历史演义文学所包含的深邃含义，并在创作的过程中自觉地向原型靠拢，发扬文学作品中所包含的神话的劝谕意义，为未来的文学创作提供借鉴。在西方，通过对神话的研究来促进文学创作的进步已经有了实质性的成果，美国编剧与写作技巧大师沃格尔的著作《作家之旅——源自神话的写作要义》就是依据神话学来指导写作的著作。该书以坎贝尔的《千面英雄》这部神话学著作为基础，分析讲述了如何利用神话来指导写作。

第三个意义是完善神话学理论。

当前神话学研究，一方面致力于神话本身的发掘整理，另一方面致力于用西方理论来对中国的神话及上古典籍进行研究。但是目前的神话学研究，还没有广泛地把历史演义文学纳入自己的理论视野，特别是缺乏把神话与历史演义文学的社会规范功能相结合来进行的研究。尽管此前已有不少学者提出可以在神话学视野下研究中国的文学，但是到现在为止，真正从整体与细节两个层面来以神话学视野观照历史演义文学的论文还是寥寥可数。本书将填补这一缺陷，从整体上把历史演义文学纳入神话学的研究领域，并希望由此带动后来一大批类似的研究，最终形成完整的神话学——历史演义文学研究体系。

第二章

神话是一种规范

神话的产生对于原始初民时期的社会产生了巨大的作用。正如凯伦·阿姆斯特朗（Karen. Armstrong）在《神话简史》中所指出来的那样，它是人类经验的总汇。而作为经验的总汇，自然就发挥着指导当时的人去认识、改造社会及自身的作用。[①] 王增永在《神话学概论》中指出：神话的文化功能体现在宗教、规范、凝聚、教育、娱乐、解释六个方面。[②] 戴维·利明（David. Leeming）的著作《神话学》认为：神话的作用体现在与仪式之间的复杂联系、论证现存体制、解释自然现象、解释地点命名、解释人性的诸方面、作为研究历史的旁证、体现人的深层心理等。[③] 坎贝尔（Campbell）在《英雄的旅程》中指出：神话有四大功能，神秘主义功能、宇宙论功能、社会学功能、教育功能。[④] 从中可以看到，尽管不同学者对神话的功能的概括各有不同，但总体上可以划分出两大方面：解释自然与阐述意义。神话这两大方面的功能对人类文明产生了巨大的影响，而其功能的发挥则通过类比联想的神话思维方式得以完成。

本章第一部分将对神话思维的特征与神话的功能展开论述，探讨

---

① ［美］凯伦·阿姆斯特朗：《神话简史》，胡亚豳译，重庆出版社 2005 年版，第 3 页。

② 王增永：《神话学概论》，中国社会科学出版社 2007 年版，第 118 页。

③ ［美］戴维·利明、埃德温·贝尔德：《神话学》，李培茱、何其敏、金泽译，上海人民出版社 1990 年版，第 80 页。

④ ［美］菲尔·柯西诺：《英雄的旅程：与神话学大师坎贝尔对话》，梁永安译，金城出版社 2011 年版，第 182 页。

两者之间的关系。神话对人类的活动与社会运行产生如此巨大的作用，是和神话的运作机制分不开的，神话之所以能够产生这样的作用，是由于神话的思维特征以及象征隐喻的表现方式所决定的。在此基础上，第二部分将讲述从神话到历史演义小说经历了怎样的历程，以及历史演义小说中出现了怎样的神话观念。通过这些神话观念以及人们对其反映中可以看到神话思维对历史演义小说乃至人们的思维方式、社会生活产生了怎样的影响。第三部分分析的是历史演义小说中的神话原型，通过分析可以发现，历史演义小说中依旧严格遵循着由无意识的心理结构所构造的神话文本的内在模式，而这一模式在《三国演义》中出现的神话母题的变形以及相同的英雄成长旅程中得到了全面的体现。

第一节　原始思维下神话的意义与功能

首先，神话是原始初民对于种种自然现象的解释，美国心理学家雷蒙德（Raymond）指出："古代人类对巨大的矛盾现象，生与死，变换的季节，睡眠是外观的死亡和清醒时特殊的自我意识的感觉等确实迷惑不解。显然，这就产生了问题，如生命是如何开始的？什么是死亡？什么是星辰和夜空黑色的苍穹？在这些巨大的不可思议的事物后面究竟有什么？他们的神话企图解决这类深奥而复杂的问题。"① 由此可以看出，神话的一个主要功能首先就是人类对自己生活于其中的整个自然界以及自然现象如日月运行、气象变化等的阐释，尽管这种阐释可能是错误的，完全不着边际的，但它毕竟根植于人们探究事物本源的一种好奇心。因此，作为自然现象解释而生的神话，就承担起了指导后来人认识自然改造自然的责任。但是，神话对自然做出解释的同时，也对人们的情感做出回应，即更多侧重于意义层面的解释，

---

① ［美］雷蒙德·范·奥弗编：《太阳之歌》，毛天祜译，中国人民大学出版社 1989 年版，第 1 页。

而这就使得神话具备了第二个功能：指导人们进行社会活动。

其次，神话对人们进行社会活动的指导意义极为深远，作为个体存在的人，在很大程度上就是接受了神话的指导而使自己与社会相连。马林诺夫斯基在谈到新几内亚超卜连兹岛神话时说："神话的出现，乃是在仪式、礼数、社会或道德规则要求理论根据，要求古代权威，实在加以保障的时候。"① 他还说："神话在原始文化中有必不可少的功用，那就是将信仰表现出来，提高了而且加以制定；给道德以保障而加以执行；证明仪式的功效而有实用的规律以指导人群，所以神话乃是人类文明中一项重要的成分；不是闲话，而是吃苦的积极力量，不是理智的解说或艺术的想象，而是原始信仰与道德智慧上实用的特许证书。"② 因此，很多民族神话的讲述多选在特定的节日或仪礼活动中进行。由此看出，规范人们的信仰和道德，从而指导人们的行为，并为人们所做的行为给予神话上的解释，就成为神话的主要功能之一。在笔者看来，根据影响的范围，神话的这种功能又可以分为三个方面。

第一，对社会的规范方面。神话对于原始氏族来说，有着确立氏族社会制度，构建风俗习惯，规范日常行为，使氏族的信仰和文化得以世代相传的功能。③ 在神话中形成的各种通行于氏族内部的神灵信仰与相关仪式，乃至日常生活中的种种行为准则与禁忌，都具有至高无上的神圣性，氏族成员无论地位高低，任何人都不能违反。这样一来，尽管原始氏族没有现代社会意义上的法律秩序，也没有基于现代法律之上而建立起来的一系列完整的立法、司法、执法机构，但在当时的社会生活中，神话在很大程度上就相当于现代社会法律的规范，如果在原始社会中氏族成员之间发生争执的时候，人们首先想到的就是求助于神话。在原始时期的人们看来，神话具有法典一般的神圣效

① ［英］马林诺夫斯基：《巫术科学宗教与神话》，李安宅译，商务印书馆1936年版，第131页。

② 同上。

③ 王增永：《神话学概论》，中国社会科学出版社2007年版，第120页。

力，当发生争执的当事人出现冲突的时候，往往由部落里的长老或者地位高的年长者通过神话来进行处理。而神话之所以具有如此大的信服力，就是因为在原始先民的心目中，神话是有关天地万事万物起源的根据，从而也就成了处理各种事物的规范，并且指导人们进行日常活动。正是因为如此，神话为人们的活动提供了种种解释与规范，人们在神话的引导下就可以顺利地进行社会生活。在作为规范的神话中，创世神话往往起着最重要的规范作用，这类神话大都是由混沌世界开始讲起，内容包含天地的分离，自然现象的起源，人类的诞生，社会秩序与道德风尚的确立以及文化传统的形成。在重大的宗教活动和祭祀庆典上，这些故事会以庄重严肃的方式，由巫师或者祭司向着全部族讲述，有些时候更是需要通过一些类似于表演的方式，使氏族成员更深刻地体会其中的神圣性。在这个过程中，祭司或者巫师通过神话，教导本族人民要尊重祖先或者神明所创立的种种规范与秩序，并一再告诫成员，这些规则是本族得以繁衍发展的立身之本，如果加以违背的话就可能给自己乃至整个族人带来不幸。通过这种方式，神话确立了对社会的规范作用。

第二，对民族的凝聚方面。神话的另一个重要的功能，是使得氏族内部紧密团结，从而在生产和生活活动中和谐共处，齐心协力地对抗当时艰苦而又强大的自然力量。原始初民时期，极度低下的生产力与极其恶劣的自然环境形成了鲜明的对比，在当时的情况下，任何一个个体人类都不可能与大自然相抗争，因此人类只有团结起来，才有可能在大自然中生存下去。在这种情况下、维系氏族成员之间的靠近团结，规范每个成员的行为使之遵守氏族内部的道德秩序，协调成员之间的矛盾，从而不使氏族从内部瓦解，就成为神话的一个重要功能。在原始时代，氏族群体内部常常因为种种原因发生纷争，最终会导致整个氏族群体的瓦解。在这种情况下，通过讲述始祖神话或者创世神话来证明氏族群体的每个成员，都是同一个伟大英雄始祖的子孙，就成为团结成员、维系氏族发展的一个根本保证。因此，在举行宗教仪式和各种祭祀活动的时候，神话的讲述通常以先祖旨意的形式出现，从而使全体氏族成员在祖先意志的统一下，自觉维护群体的利益，以神话内容来规范自己的行为，团结协作，去求得氏族的生存与发展。就中国而言，在传统神话的影响下，炎黄子孙与华夏文化这一观念深深融入每一个中国人的血液中，炎帝与黄帝是神话中中华民族的始祖，"华"源自花图腾崇拜，而"夏"则是神话中治水的大禹所创立的第一个朝代。① 由此看来，中国传统文化凝聚力的核心力量就源自神话。历史上多次出现的所谓"华夷之辨"，虽然从今天来看，有狭隘的民族主义之嫌，但在一定历史时期范围内，却是一种传统文化凝聚力的体现，正是有这样的凝聚力，才有历史上许许多多可歌可泣的保家卫国的斗争，事实上，从岳飞、陆秀夫、文天祥的抗金斗争，到史可法、阎应元、夏完淳的抗清斗争，一直到近代的抗英抗日斗争中所体现出的民族大义，都是这种文化凝聚力的体现。

第三，对伦理道德的教育方面。人类的道德和伦理观念，是社会中调解人与人、人与社会之间关系的重要行为规范，没有这种规范的话，整个社会就会陷入混乱之中，任何一个群体都不可能在脱离道德伦理观念的情况下繁衍发展下去。在原始氏族社会，这种伦理道德的行为规范在相当大程度上是通过神话来实现的。神话被看作来自神灵或者祖先的旨意，在万物有灵的原始社会，在神灵崇拜和祖先崇拜的影响下，神话具有强大的震慑作用，通过神话，某个族群或者某个文化的基本价值观念被传播下来，并得到严格的遵守，而氏族社会历年历代在各种场合对神话的反复讲述，强化了它的规范力量，使得违背神话规范的人承受一种强大的社会压力与心理压力，从而保证了神话的道德规范功能。特别是青少年，在无数次神话讲述的过程中，潜移默化地接受了这些文化观念，自觉地形成了自己的价值观与判断标准，从而自觉地遵守传统的道德规范，以融入社会。特别值得注意的是神话中是非观念对人们的重要影响，神话中往往都有正义与邪恶的斗争，勇敢、智慧、善良、忠诚、勤劳，这些美好的品质在神话中一

① 王增永：《神话学概论》，中国社会科学出版社2007年版，第123页。

再得到弘扬，而贪婪、自私、虚伪、狠毒等行为则在神话中被全面地鞭挞，这一切都对社会的道德规范起着重要的作用。此外，神话在当时起着百科全书般的作用，原始社会没有文字的情况下，记事往往采取口传的方式，各个民族大量的文化知识教育，都是通过神话讲述的方式一代代传承下来。

以上三个方面共同体现了神话对人进行行为指导，并对其行为给予解释的功能。

最后，神话的第三个功能在于，神话通过象征隐喻手法的使用使神话本身具有普适性，从而包含了大量深刻复杂的意义，承载起一个民族的文化。隐喻是神话表现原始人心理活动的主要方法，尽管隐喻作为一种修辞手法，是后人所创造的，但是，原始人确实在神话思维的指引下，无意识地使用着隐喻的方式，由于神话思维的直觉性，原始人直觉的同时把握了事物的表象和内涵，然后又通过形象将这两者同时表现出来，在今天的人看来，那些形象就是隐喻。维柯（Vico）在《新科学》中就说过，神话表明古人类认识事物有其特殊的方式，那就是隐喻。神话其实就是一种隐喻。只不过正如维柯所言的那样“每一个这样形成隐喻，都是一个具体而微的寓言故事”①。神话，则是有着充实内核从而具备强大表现力的隐喻。利明和贝尔德（Belda）也在《神话学》中指出：“这些故事的终极意义在于其心理学的意义，而非其具体的形象。这些故事只有当它们作为隐喻起作用时才是神话。”② 这种隐喻在当时神话中的大量存在离不开神话思维的特征，首先，物我交感的特点或者说“互渗律”的原始思维使原始人看来，尽管两个事物各不相同，但其有着内在的相似性，因此在实际上它们是相同的。神话思维下的人们，往往会把任何相似的事物都看成它们有着一种内在的原始亲属关系，一种本质上的同一性。这样一来，通过

---

① ［意］维柯：《新科学》，朱光潜译，商务印书馆1989年版，第200页。

② ［美］戴维·利明、埃德温·贝尔德：《神话学》，李培茱、何其敏、金泽译，上海人民出版社1990年版，第103页。

隐喻，就使人类能够发现并把握万物间的相同点，从而从自我出发去构建世界并体验万物，认为各种自然现象的背后都有某种神秘力量的存在，某种现象的出现必然预示着某件事情的发生。更重要的是，隐喻能够在原始人的心灵中构建起人自身与天地万物间的联系，尽管这种联系在今天看来是非常荒谬的，但在当时，原始初民通过对这种联系的把握，使得自身能够与自然保持一种一体感，从而与自然交融，实现着与外部世界的沟通，在这种沟通中，人们认识着世界，感知着世界，与世界进行着交流。这样一来，隐喻就使得思想与情感具有普适性，在理性时代，隐喻的作用是对于那些难以用明确、具体的语言进行描述的对象进行言说，由于这些对象的不可描述性，人们必须用形象的东西去表现它们，从而就形成了隐喻。由于隐喻的这种象征性，不同的人在理解的时候就容易出现偏差，从而得到不同的解释，而使用隐喻的人，往往又利用这一特点，来表达深刻的含义。同样，神话隐喻也可以表现出大量深刻而复杂的含义，从而使得神话的功能具有极强的普适性。由于神话本身就是以象征隐喻的手法对人类生存状况的一种模仿与解释，因此人的一生中遇到的各种不同的状况，都可以通过象征隐喻的方式从神话中找到类似的情境，反之，人们也可以通过神话的情境体验自身的生命。而这些情境也会在以后的文学创作中反复出现，这就使得神话中的母题反复出现。通过这种方式，各民族的文化得以继承传播，各民族祖先的集体记忆得以保存。

而神话之所以能够有以上功能，是与神话思维的特殊性以及神话自身在原始社会中的地位分不开的，神话思维，也可以称为原始思维，即原始社会时期人们的思维方式。它指的是人类由原始蒙昧时代向文明时代过渡的漫长岁月里所形成的一种人类认识自然、把握自然的特定思维形式。神话思维体现了人类对自然和人生的一种直觉的体验，这种体验带有神圣的色彩，由于神话思维的作用，当时的人们处处可以感受到神圣力量的存在，从而得以与神圣同行。由于人类思维的持续性和潜在性，神话思维并没有随着神话时代的消失而消失，而是在进入文明时代之后的相当长的历史时期里，依旧影响人们的认识和判断，并且对人们的生产生活都发挥着巨大的影响。[①] 甚至在启蒙运动之后很长一段时间，人类的理性思维已经高度发达的时候，退出了自然科学领域的神话思维在文化、宗教、艺术及政治等人文诸领域里也有不同程度的显现。因此，神话思维作为一种影响深远的思维活动，在人类思想发展史上具有极其重要的地位，其主要特点有以下几个方面：第一，神话思维的类比性，类比思维是原始先民的主要思维方式之一。它标志着人类开始进入带有理性因素的思维阶段。人们开始能够把事物的外部特征加以比较，把事物的属性从认知对象中分离出来，加以认知与分析。这种类比，既包括事物外形的类比，也包括事物属性的类比，还包括由人及物的类比。这种类比性特征使得在原始人看来，各类事物之间都存在着相同性，只要某种属性相同，那么其他属性也就是相通的，因此，万物之间都存在着关联。并且进一步形成了由已推物的思维方式，即根据自身以及自身周围的事物特性去推知世间万物，从一种心理现象推测出另一种物理现象或者社会人文现象。除此之外，这种思维特性还使得人们可以通过已知的情况去推测未知的事物。例如通过对陶器的制作推及人的起源，产生了女娲抟土造人的神话，等等。第二，神话思维的互渗性，布留尔在他的《原始思维》中曾经提到了原始人思维的一个重要特征“互渗律”，他认为这是原始思维的重要特征，这种互渗意识，指的是在原始初民的思维中，人与客观事物、客观事物与客观事物之间，都是可以相互交流相互转化的。[②] 原始人常常把自己看作自然的一部分，又把自然看作有人性的自然。[③] 因此，在神话中，也可以看到，那种物我相通、天人合一的特性非常明显。在神话思维中，人们相信物我可以互相感应，人的行为可以改变自然现象与自然规律，而天地万物的现象，则

① 高一农：《神话思维的基本特征》，《晋阳学刊》2000 年第 6 期。

② ［法］列维·布留尔：《原始思维》，丁由译，商务印书馆 1981 年版，第 62—99 页。

③ 杨春艳：《神话思维与神话》，《阜阳师范学院学报》（社会科学版）2003 年第 3 期。

能够预示社会的动乱治安与人们的吉凶祸福。此外，人们也相信，动物与植物和人之间都可以互相相通，因此，神话时期的人物往往可以具有某种动物或者植物的特性，而植物与动物有时候也可以开口说话，此外还有那些由人与动物结合生下的神性英雄。第三，神话思维具有神秘性，布留尔指出，原始先民的神秘思维是一种天生的功能，在原始氏族的意识中，与生俱来就存在着浓厚的神秘倾向。原始初民相信，借助某种特定的语言或者行为，就可以直接作用于自然万物乃至神灵精怪，使它们听从自己的请求。

由此可见，神话思维的特殊性决定了神话的功能，而神话的这种功能又经由神话观念与神话原型而被后来的文学作品，特别是历史演义小说所继承，在此后上千年的社会里一直发挥着作用。

第二节　从神话到历史演义小说

列维 - 斯特劳斯（Lévi - Strauss）曾经说过，“我们知道，神话本身是变化的。这些变化——同一个神话从一种变体到另一种变体，从一个神话到另一个神话，相同的或不同的神话从一个社会到另一个社会——有时影响构架，有时影响代码，有时则与神话的寓意有关，但它本身并未消亡。因此，这些变化遵循一种神话素材的保存原则，按照这个原则，任何神话永远可能产生于另一个神话”[1]。从更广泛的意义来看，神话在各个时代都没有消失，只不过是改变了自身的存在形式和象征符号。而神话根本的思维方式和无意识的心理结构所构造的神话文本和神话意象，更是依旧在社会生活中存在，并一如既往地发挥着作用，尽管这种作用已经没有从前那么强大，但依旧潜移默化地深入影响着社会。

具体到文学上看，文学作品也不断地延续着神话。弗莱在他的

---

① ［法］克劳德·列维 - 斯特劳斯：《结构人类学》，陆晓禾、黄锡光译，文化艺术出版社 1989 年版，第 259 页。

《批评的解剖》中指出，神话是最基本的文学原型，各种文学类型无不是神话的延续和演变。[1] 在中国文学中，神话之后的文学类型包括诗歌、散文、戏曲、小说四个大类，而这四种文学类型，一方面借用了神话的象征隐喻的表现手法，另一方面延续了神话中所包含的神话思维与神话观念，继承着神话中所包含的神话原型。而神话中所包含的文化因子，则正是通过这四种文学类型传播下来，并持续地对社会产生着影响。具体包括两个方面：一是存在于文学中的大量的神话观念和在文学中所体现出的神话思维对人们认识世界与改造世界的活动产生着影响。二是大量的神话原型与神话母题通过变形的方式存在于文学作品之中，以此潜移默化地对人们产生影响，从而发挥其社会功能。

在上述四种文学类型里，小说类型中的历史演义小说与神话的联系尤为密切，这是由以下原因决定的：首先，神话在原始先民的眼中，是具有至高无上的神圣性与不容置疑的真实性的。千百年来，原始先民一直把神话当作真实发生过的事情，认为神话记录着早期的历史真实。人类学家威廉·巴斯科姆（William. Bascom）曾经指出过："神话是散文的叙述，在讲述它的社会中，它被认为是发生于久远的过去的真实可信的事情，它们被忠实地接受，被告知是可信的，它们还被作为权威加以引述以解答无知、疑窦或不信任。神话是信条的化身，它们通常是神圣的，并总是与神学和宗教仪式相结合。"[2] 正是由于原始先民一直把神话当作真实而又神圣的叙事来看待，所以才能如此认真地对待神话、从而使神话具有如此重要的社会意义，并可能发挥上述的神话功能。而历史演义小说在讲述历史故事的同时，也承传着神话的这一特征，尽管历史演义小说与历史本身存在偏差，有些时候可能会有极大的出入，但是，这些历史演义小说中的主人公其生活的时代与历史背景，其基本性格与社会地位、人物关系等都是基本符

---

① ［加］诺斯罗普·弗莱：《批评的解剖》，陈慧、袁宪军、吴伟仁译，百花文艺出版社 2006 年版，第 136—165 页。

② ［美］阿兰·邓迪斯编：《西方神话学论文选》，朝戈金译，上海文艺出版社 1994 年版，第 11 页。

合历史真实的，有些时候历史演义小说的记载要比史传记录更加真实，因此，历史演义小说的主要接受者——普通民众，就更加相信它们的真实性。其次，尽管历史演义小说不像神话那样具有神圣性，但这些作品中的主人公的社会地位、能力、为社会所做的贡献毕竟也高于常人，因此人们对其也具有不同于一般故事的感觉。历史演义小说中的主人公往往都具有超出常人的智慧或者武勇，对于社会发展、国家安定、民族统一做出了较大贡献。加之神话思维中祖先崇拜的影响，人们普遍认为这些故事中的主人公有很多也已经化身为神明，守护、监督着人们的生活，因此，作为记叙有关这些英雄人物事迹的历史演义小说，也获得了近似于神话般的对待。这样一来，历史演义小说在社会生活中，特别是相关的故事发生地区的社会生活中，也能发挥类似神话一般的社会功能。最后，历史演义小说尽管是作家创作的，但这个创作过程中吸收了大量的口头文学内容，而且小说的很多内容直接来源于说唱用的戏剧与话本，这就与口传为主的神话在形成与传播途径上具有了极大的相似性。正是因为如此，相比其他样式的文学作品，历史演义小说与神话之间的关系更为密切。而通过对历史演义小说的分析，可以看到，神话思维与神话观念是如何体现在历史演义小说之中，历史演义小说中又存在着怎样的神话母题。以及通过这种传承，神话中所包含的文化因子如何经由历史演义小说传播到今天并对民族文化产生影响的。

神话的一个重要作用就是在于追寻终极意识，为人类赋予意义与行动指导，《神话简史》的作者阿姆斯特朗指出："与其他生物不同，人类会不停地追问意义……但人类很容易陷入绝望之中，因而从一开始我们就创造出各种故事，把自身放置于一个更为宏大的背景之上，从而揭示出一种潜在的模式，让我们恍然觉得，在所有的绝望和无序背后，生命还有着另一重意义和价值。"① 接着，她通过尼安德特墓葬

① ［美］凯伦·阿姆斯特朗：《神话简史》，胡亚豳译，重庆出版社2005年版，第3页。

群的考古事实阐述了神话的五个重要层面，神话植根于人类对衰老和死亡的恐惧之中；神话通过仪式与世俗的世界相区别；神话带领人们走出自身的日常经验，带领人们进入未知的世界；通过对神话的正确诠释，人们可以获得精神状态和心理状态的平衡；神话是与现存世界并行的另一个维度。[①] 荣格也指出："虽然原始人对显在之物不太感兴趣，但是他们有一种迫切的需要——或者更加准确地讲，他们的无意识心理有一种无法抗拒的欲求——把一切外在的感官体验同化为内在的心理事件。"[②] 在原始人看来，东升西落、运行有序的太阳必然就代表某一位神明或者英雄，西方神话中有太阳神阿波罗，中国神话中有羿射九日，都是把太阳神化了。而自然界的一切都被当作神话的自然过程，四季的交替、月亮的阴晴圆缺、风雨干旱等，都可以用神话来加以解释，而事实上这些神话正是原始初民集体无意识的反映。

从这里可以看出，人们对生命与天地万物的思考成为神话出现的契机。而神话的目的就在于赋予人生命的意义，解答人们内心的困惑，以求解决人们所提出的来自何方、去往何处，宇宙之外又是何物等一系列终极意义的问题。同时神话以象征的方式，通过对自然现象的神话解释，把人类内心的潜意识投射于现实生活中，在此基础上产生的人们关于现存世界与另一个世界的关系或称为天人关系的思考就成为神话的一个重要方面。而神话中的这种天人关系的思考，就形成了种种神话观念，并在神话乃至后来的社会生活、文学作品中反复出现。神话观念产生的基础可以说是西方人类学家泰勒提出的万物有灵论（或泛灵论）。"万物有灵"（Animism）一词源于拉丁文"animi"，原意指一切存在物和自然现象中的神秘属性，即神灵。这种属性就其本身而言是人的感觉无法感知的，但泰勒认为，就持有原始宗教信仰

① ［美］凯伦·阿姆斯特朗：《神话简史》，胡亚豳译，重庆出版社 2005 年版，第 4 页。

② ［瑞士］荣格：《原型与集体无意识》，徐德林译，国际文化出版公司 2011 年版，第 7 页。

的人的体会来说，无法感知的神灵比直接感知的对象更为重要。① 他认为，原始人的万物有灵观念是世界各宗教的起点，而这一观念正是由对人类生命终极的思考而产生的。万物有灵观念有两个基本信条：一是相信所有生物的灵魂在身体死亡或消失之后能够继续存在；二是相信各种神灵可以影响和控制物质世界以及人的今生来世，同时神灵和人是相通的，人的行为会引起神灵的高兴或不悦。原始人对梦境、疾病和死亡的解释是：灵魂多半是在肉体睡眠时出来游荡。假如它在返回的时候被阻隔超过一定时间，人就要生病；假如永远阻隔在外，那么它所在的肉体就要死亡。② 在泰勒看来，万物有灵观念是一切宗教的最初形式，他以此为基础，描绘了整个人类社会的宗教发展史。原始先民相信人有灵魂，后来再扩展到认为动物、植物以及高山、大河等一切自然存在物也有灵魂，进而形成了原始社会初期的泛灵信仰。之后，这种泛灵信仰又发展为祖先崇拜和象征部落的图腾崇拜，然后再到精灵崇拜与多神崇拜，最后发展为一神崇拜。从这里可以看到，在史前文化中，动物、植物乃至非生物在人们看来都有“灵魂”存在，随后这种信仰发展成了神的思想，再后来众多神的力量被集中到一个单独的神，这样多神论终于转变成了一神论。在泰勒看来，万物有灵论主要指那些还处于低级阶段的宗教信仰，在这种观念的传播过程中，它本身一方面产生了巨大的变化，另一方面始终保持着一种稳定的状态，这种观念一直进入现代文明之中，至今仍发挥着作用。“事实上，万物有灵论是宗教哲学的基础，从野蛮人到文明人来说都是如此。虽然最初看来，它提供的仅是一个最低限度的、赤裸裸的、贫乏的宗教的定义，但随即我们就能发现它那种非凡的充实性。因为

---

① 孔又专：《万物有灵论与原始宗教观念：读泰勒〈原始文化〉散札》，《三峡论坛》2011 年第 6 期。

② ［英］爱德华·B. 泰勒：《原始文化》，连树声译，广西师范大学出版社 2005 年版，第 493—551 页。

后来发展起来的枝叶无不根植于它。”① 在万物有灵论的影响下，人们首先意识到，灵魂能在个体死亡或承载灵魂的肉体逝去后以另外的方式继续存在着，并且可以对现实世界发生作用；其次是某种高于现实社会的神灵的存在，这些神灵具有巨大的力量，能对人的来世今生、自然界的变化更替，乃至社会的兴衰变迁等都产生影响。同样地，人们可以通过某种行为来取悦于神灵，从而获得自己所希望得到的东西。这就最终导致人对神灵的敬畏和救赎等一系列心理活动与祭祀等仪式的产生。

在万物有灵观念的基础上产生了信仰与崇拜，从而进一步产生了种种反映天人关系的神话观念，这些神话观念对人们的社会生活产生了巨大的影响。体现在演义中，就出现了大量对于神灵显圣、预兆异象、梦境、巫术仪式、异人术士等现象的描写。

对于神灵的信仰，一开始是一种众神平等的状况，但后来，随着人间等级制度的确立，神界也出现了分化，产生了一个高于其他神的，比一切自然神灵威力都更加强大的天神，在中国，这个神通常被称作昊天大帝，而在古希腊，这个神被称为天神宙斯（Zeus）。这种至高神往往高高在上，统领着其他神灵，但是其与人类世界相隔较远，很少直接参与人间事务。往往通过安排其他神明的方式来对人间事务产生影响。相比于高高在上的上帝，负责具体事务的神灵与人间的关系更为密切，在中国，由于长期处于农业社会，因此那些对农业有着重要影响的自然神，如风神、龙王、雷公等更多地受到人们的重视与祭拜，特别是与农业生产关系最为密切的土地神——社，与谷神——稷，始终受到人们的高度重视，对他们的祭祀几千年来始终不绝，在周代开始，更是被政治化成为国家政权的代名词。这些神明或者会直接现身，或通过种种如预兆、托梦的方式，向人间传达信息，或者直接干预人间事物。而人们对他们的顶礼膜拜，正体现着对这些

① ［英］爱德华·B. 泰勒：《原始文化》，连树声译，广西师范大学出版社 2005 年版，第 444 页。

伟大神灵的畏惧。

除去对这些自然神的信仰与崇拜之外，随着社会的发展，那些为氏族部落的生存发展中做出过巨大贡献的先祖们，也被作为文化英雄而得到后世子孙的崇敬与祭祀。《礼记·祭法》中记载："夫圣王之制祭祀也，法施于民则祀之，以死勤事则祀之，以劳定国则祀之，能御大菑则祀之，能捍大患则祀之……此皆有功烈于民者也。"① 由此可见，这些可以得到祭祀的祖先，一开始都是那些为人类发展有过杰出贡献的人。后来，随着家族力量的扩大，民间百姓也开始广泛地祭祀自己的祖先，这种对祖先的祭祀也就逐渐成为家族的精神寄托与维护家族团结的手段。这种对于本氏族或者本民族的英雄先祖以及自己祖先的崇拜，几千年来一直存在于中国社会中。灵魂不死的观念使当时的人们认为，尽管这些先祖已经死去，但他们会以灵魂的方式继续存在，并以比在世时更强大的能力来守护自己的子孙以及部落，并对后世那些不肖子孙做出惩罚。而这些祖先虽然没有了形体，但是可以以显圣的方式出现。这些神灵或者英雄祖先的显圣，其出现的思想基础在于原始人的神话思维方式，而使其能够在社会中广泛受到崇拜与信服，则在于神话的广泛传播。前面提到过，神话作为一种神圣的叙事，是被全社会成员所信以为真的。因此，神话中出现的神灵或者英雄祖先的故事，往往会被全社会成员所信服并予以崇拜。

在历史演义小说中，以上的自然神灵或者英雄祖先的出现往往通过两种途径，其一是直接出现，如《杨家将演义》中，汉钟离、吕洞宾在天上讨论宋辽两国胜败，汉钟离断言宋国必胜，但吕洞宾不服，派徒弟下界帮助辽国，后来自己也亲自下界，帮助辽国设立天门大阵。后来汉钟离也下界，帮助杨家将打破了天门阵。此外还有《说岳全传》中，乌鱼精化身的普风禅师助金兀术伐宋，用混元珠打死打伤多名宋将，等等。其二是梦中出现，如《杨家将演义》中，宋代名将呼延赞年轻时偶然一次在唐代名将尉迟恭庙内入睡，梦中尉迟恭现

① 李学勤主编：《十三经注疏》，北京大学出版社 1999 年版，第 1307 页。

身，传授呼延赞武艺并赠予盔甲。还有《说岳全传》中岳飞当时奉旨讨伐在太行山起义的杨再兴，但杨再兴武艺高强，岳飞不能取胜，后来杨再兴先祖杨延昭给岳飞托梦，教授岳飞杀手锏，令其收服杨再兴。《东周列国志》中，也有类似情况，如晋国内乱时，秦穆公夜做一梦，梦中天帝命他平定晋国之乱，等等。以上例子，在下文中多有详细介绍。

由于人们相信万事万物都存在灵魂，从而相信人通过对自然界现象的观察可以了解神明的意志，由此可以预知事物，这种观念在各地都有一定的反映。所谓“预兆”，就是指能够预先告知人们某件事情即将发生的某种现象。兆，在甲骨文中是龟背烧裂的形状，古人一直认为事物与事物，自然现象与人世间都存在着某种必然的联系，通过某种方式，人们就可以推测出发生的自然现象后面会有什么样的事情发生，或者说某种现象的出现必然预示着会发生什么。人们通过对自然的观测就可以了解或者说预知未来。这一观念产生于神话之中，作为神话思维的重要特征，一直保留在社会思维之中。人类通过对自然现象的观测来预制未来，比较重要的一个方式就是观星，通过对天空中星象的观测来推断吉凶，是东西方广为流传的一种方法。在西方，希腊人很早就开始通过观测星星来推知未来的天气、命运等。也是古希腊人，开始把天空中的星星划分为八十八个星座，赋予其美丽的神话传说，再后来的占星术认为每个人都有其对应的星盘，通过对这个人星盘的解读可以了解这个人的命运。夜观天象，是中国历史小说中常见的一种预知未来的行为，这一行为具有悠久的历史渊源，在中国，人们通过对天象的观察来了解大地上的吉凶，以至于被作为中国正史的二十四史当中，有十五史中有专门的天文志，古代中国还专门设有钦天监一职，负责观测天文。因此，就决定了天象在中国社会中的重要地位。除此之外，对异常自然现象的观察，也成为人们预测神灵意志的一种方式。在原始思维作用下，人们往往把自然现象和社会联系起来，认为社会是像自然一样有秩序地运转，而当某种特殊的自然现象出现，则往往预示着支配社会运转的秩序出了问题，整个社会可能会出现某种灾难。此外，一些特殊的自然现象也被人们看作上天给予的某种与社会或者人生相关的启示，比如地震、旱灾、狂风、雷电等。这一切异象的出现，都预示着某个重大事件的发生。

所谓“巫术”，其原意是指通过祭祀、祈祷、歌舞等象征性的仪式，借以改变客观事物的结果和某个个人或某个群体命运的活动。①巫术是原始初民基于万物有灵基础上的一种信仰方式，他们相信，人的某些特定的动作、语言，乃至一些具有某种含义的物品都可能通过某种巫术仪式发挥作用。在原始时代，人们的技术手段极为低下，生活环境极为严酷，面对广袤无边的大自然，原始人深感力量的渺小与对抗自然灾害的无能为力，因此，他们希望通过种种手段支配自然改造自然，并最终能够征服自然。在这种情况下，他们从神话思维出发，试图借助于仪式的力量来对自然发生作用，从而达到自己的目的，这就是巫术。在弗雷泽看来，巫术赖以建立的思想原则包括两个方面，一是同类相生，二是物体相互接触之后，即使两者分开了，但依旧能够发挥远距离作用。在此基础上，巫术可以分为顺势巫术和接触巫术两种，而这两种巫术又可称为交感巫术。交感巫术认为物体通过某种神秘的交感可以远距离的相互作用，通过我们看不见的“以太”把一个物体的推动力传输给另一个物体。②

神话与巫术之间存在着密切的联系。一方面，巫术与神话的产生本身都是立足于原始人的神话思维，巫术的进行首先就要承认鬼神的存在，而巫师则被他所在的整个社会看作神的代言人。另一方面，巫术往往是对过去某个时段发生的神圣事件——神话的一种模仿，原始时期的人们，基于交感心理的作用，试图通过对神话的模仿来实现自己的目的，或者通过对神话的模仿过程，体验神圣。马林诺夫斯基指出，神话的主要部分都与巫术有关，对后世也带来了巨大的影响。巫

① 王增永：《神话学概论》，中国社会科学出版社2007年版，第93页。

② ［英］詹·乔·弗雷泽：《金枝》，徐育新、汪培基、张泽石译，大众文艺出版社1998年版，第19—21页。

师通过巫术活动在社会中发挥以下两个作用，一是通过巫术活动与神明进行沟通，二是通过巫术活动对具体的人或者事物发生作用。从根本上说，都是为了使用法术来避免自己所在的社会或者请求施法的个体不受到伤害。巫术从性质上讲又分为两种，其一是保护性的，即防止社会或者个体受到伤害；其二则是攻击性的，即通过巫术去伤害他人、危害社会。在中国，巫师经历了两大发展阶段：一是人人为巫师的阶段，主要是在夏朝之前；二是专业巫师的阶段，这一时期是政教合一的阶段，少数人垄断了这一领域。逐渐地，巫师与部落首领合二为一。这一阶段是巫文化的最兴盛时期。[①] 在人与神灵交流的仪式中，巫师起着关键性的媒介作用，神明的旨意往往是模糊的，不确定的，只有通过巫师才能够得到解答。在祈求神灵保佑的仪式中，巫师作为人的代言人而存在，而在向求问者传达神谕时，巫师又是神的代言人，甚至有些时候，巫师本身就是神明在人间的化身。在神话中，巫师往往和神灵不分，有时候巫师就是神灵。人们普遍认为巫师是幸福、安全与和平的祈求者和保护者。[②] 到了后期，随着人类社会的进一步发展，巫师的地位开始下降，失去了以往高高在上的地位，但是，人们依旧对这些具有特殊能力的人怀有敬畏之心，认为依然存在这样一些特殊的人群，他们像巫师一般具有与神明沟通的能力，或者具有某种特异的功能或者智慧，从而可以像巫师那样施展法力。

因此，巫术以及巫术的观念，如同神话一样，在社会生活中广泛发挥着自己的作用，对人们的生活与思想产生着极大的影响。一方面，人们相信，通过某种仪式或者巫术活动，可以与上天交流，或者对大自然施加某种影响。另一方面，人们也相信，会有一部分与众不同的人，他们经过长时间的修行或者某种奇特的经历而具有超出常人的能力，从而成为神的代言人，并且拥有部分神一般的能力。这些观

---

① 马新、贾艳红、李浩：《中国古代民间信仰》，上海人民出版社 2010 年版，第 79 页。

② 宋兆麟：《巫与巫术》，四川民族出版社 1989 年版，第 33 页。

念在后来的历史叙事作品中就体现为祭祀、法术的使用以及异人的出现几个方面。

由于这一切启示都是模糊的或者不易掌握的，因此，人们对那些能够准确掌握这些启示并且能够利用这些知识来举行仪式获得成功的人充满了向往与敬畏。异人术士的传说也就流传开来，他们在神话早期的时候是以巫的身份出现，而在后来的传说中则更多是以世外高人或者术士的面目出现。这些人往往被人们看作不同于一般人，或者被神灵所钟爱，或者与恶魔有某种联系。二者之间的区分也往往取决于当时当地人们所信以为真的神话。

第三章

《三国演义》中的神话思维

本书第二章中指出，神话是人类对生命意义思考所带来的结果，而这种思考，则是通过自然现象对内心无意识地投射来完成的，人们以象征的方式把内心潜意识冲突投射到自然界之中，就形成了五彩纷呈的神话，而神话中所包含的神话观念，正是构成神话的基本要素。尽管神话作为一种文学样式已经随着原始社会的结束已经失去了原有的神圣性，但是，神话中所包含的神话观念还在社会生活中长期存在。除此之外，神话产生的基础——神话思维，也并没有彻底地消失，并且依旧在人们的日常生活中产生着影响。所谓“神话观念”，在这里指的是渗透在神话中的，以神话思维为基础的人类认识世界、改造世界过程中所形成的观念。而神话思维，则影响着人们处理自然与社会问题的方式。远古时期的人们在灵魂崇拜与神灵信仰的前提下，相信神或者已经死去的逝者会通过种种方式对人类社会产生影响，而人类通过某种方式，就可以与神或者灵魂建立联系，从而请求神灵赐福或者规避危害，并通过对神灵显示出的征兆来预知或者了解某些事情。这类观念在神话中大量存在，神明有时候会化作凡人的样子降临凡间，直接参与人世间的事务，有时则会用一些预兆的方式传递某种信息。在古希腊神话中，常常可以看到奥林匹斯山（Olympus）上的众神化作凡人来到人界，或者与人类少女相爱，或者参与国家间的战争，或者把一些技艺传授给凡人。奥德修斯曾在地府见到众战友及其母亲的亡魂，在中国神话中，也有盘古神开天辟地，女娲神补天造人，后羿奉帝俊之命下界射日，炎帝女儿死后化作精卫鸟等故事。由此，人们一方面在对神灵的伟大力量充满敬畏的同时，另一方面也希望通过自己的努力来与神灵对话，从而借助神灵的力量或者规避神灵的愤怒。而历史演义小说则一方面继承了神话中的这些观念，并将这些神话观念体现在故事之中；另一方面小说中的人物在神话思维的影响下，在处理自然与社会问题时，与今天的使用现代思维的人们的行为相比，有着明显的不同。本章将以神与人的互动为基本线索来对《三国演义》中存在的神话观念相关内容展开分析。主要论述两点，一是神灵的启示，包括直接显身与间接地展现出天象、自然、人事方面的征兆。二是人对神的请求或者说沟通，主要有祭祀、巫术以及那些能够利用巫术与神灵沟通的异人术士。

第一节 《三国演义》中的天人感应

在神话世界里，与人不同的神大致可以分为三种，其一是自然神，这里说的自然神指的是一开始就不同于人的更高级的存在，如九天玄女等，他们从一开始就是作为异于凡人的形象出现。其二是英雄神，他们往往是凡人死后，因为生前的忠信仁义而被奉为神明，即凡人成神。其三则是鬼魂，即凡人死后存在的灵魂。在本书中，把这三类统称为神灵。关于神灵启示，在中西方神话中都有大量的存在，神明或者逝者会通过直接或者间接的方式，向人类传达消息，有些时候，神灵还会在现实或者梦境中直接显身来帮助凡人解脱厄运或者施以惩罚。像西方希腊神话中普罗米修斯曾为人类盗火，天神派潘多拉下凡惩罚人类。中国神话中也有神农氏通过尝百草为人类发现了种种药草，教授人们种植五谷，鲧盗息壤以平息洪水，等等。像此类神灵参与人世间活动的故事，在历史演义小说中大量存在。《三国演义》中这一现象可以分为两类四种，第一类是神灵直接显身参与凡间事物。第二类是神灵（包括天）通过征兆的方式间接传达信息，这类征兆又可以具体分为天文征兆、地事征兆、人物征兆三种。而人主动与神灵沟通的方式则有祭祀与巫术等。下面将通过第二章提到的神话思维与神话观念的相关理论，结合《三国演义》与相关的历史演义小说文本进行具体分析。

一 神灵显圣

正如第二章中所提到的那样，在原始人的神话观念中，神灵直接显身往往都是神明通过现实世界中或者梦里直接出现来干预凡间世务。如古希腊神话中，天神宙斯爱上了少女欧罗巴，变成一头公牛，引诱少女骑上牛背，将其带到一片陌生的大陆。雅典娜女神化身为奥德修斯的朋友，陪同奥德修斯的儿子踏上寻找父亲的旅程。在中国，著名的几大神话如盘古开天辟地、女娲补天、后羿射日等，也都是此类情况。

在《三国演义》中，神灵启示的情节有十几处，大概分为神明直接出现，英雄死后显圣与鬼魂的出现这几种情况。

第一，神明直接出现，这种现象在三国演义中出现的次数不多，第一次神明出现是在《三国演义》第一回，南华老仙传授张角《太平要术》。当时黄巾军领袖张角只是一个落第秀才，在上山采药的时候遇到一位碧眼童颜、手执藜杖的老人。那位老人授予他三卷天书，要他普救世人，当张角向他求问姓名的时候，他自称是南华老仙，然后化作清风而去。第二次神明出现则是在曹操攻打徐州之时，当时在介绍糜竺的时候提到的。

> 却说献计之人，乃东海朐县人，姓糜，名竺，字子仲。此人家世富豪，尝往洛阳买卖，乘车而回，路遇一美妇人，来求同载，竺乃下车步行，让车与妇人坐。妇人请竺同载。竺上车端坐，目不邪视。行及数里，妇人辞去；临别对竺曰："我乃南方火德星君也，奉上帝敕，往烧汝家。感君相待以礼，故明告君。君可速归，搬出财物。吾当夜来。"言讫不见。竺大惊，飞奔到家，将家中所有，疾忙搬出。是晚果然厨中火起，尽烧其屋。竺因此广舍家财，济贫拔苦。①

① 罗贯中：《三国演义》，人民文学出版社1979年版，第90页。

事实上，从故事发展的进程上看，这一段对《三国演义》整个流程影响不大，但如果单从神灵对人世的影响来看，依然具有比较重要的意义。首先，它向人们表明，世间发生的很多事情都是上天的安排——糜竺家当日该当有火，这是上天的安排，而这正是原始时期的人们通过神话思维来解释社会现象的一种反映。其次，神明随时可能出现给人以考验——火德星君化身美妇人考验糜竺。再次，有德之人往往会受到上天眷顾——糜竺与美妇人同车时目不斜视，以礼相待，因此火德星君告知糜竺在火灾前搬出财物。最后，感知神灵存在之后，人们往往会在道德上更加自觉要求自己——糜竺从此之后舍家财广济穷苦百姓。

如果说第二次神明出现是对有德之人给予奖励的话，那么《三国演义》中第三次神灵降临则毫无疑问是惩戒性的。这一情节出现在《三国演义》第七十八回，当时曹操要修建宫殿，派人去伐跃龙祠旁的一棵大梨树，但住在附近的乡老数人劝曹操说，这棵树至今已经有数百年的历史，常有神人居住在上面，不应该砍伐。但曹操不但不信，反而大怒。说自己纵横天下几十年，上至天子，下及庶人，没有不怕他的，亲自拔所佩之剑砍树，结果那棵树“铮然有声，血溅满身”。曹操这才吃惊，扔下剑回到宫里。到了晚上二更时分，忽然见一人“披发仗剑，身穿皂衣，直至面前”，并对曹操说：“吾乃梨树之神也。汝盖建始殿，意欲篡逆，却来伐吾神木！吾知汝数尽，特来杀汝！”① 仗剑要砍曹操，曹操吓得大叫一声，忽然惊觉，从此头脑疼痛不可忍，最终丢了性命。

第四次神明出现是在诸葛亮征南之时，当时孟获依照朵思大王的计谋，利用南中一带特殊的自然条件与蜀军对峙，蜀军在征途上误饮了毒泉的泉水，丧失了语言能力。诸葛亮亲自去探看时，在伏波庙遇到一位老人，老人指点诸葛亮说这里有四处泉水，都有剧毒所以不能饮用，如果有人中毒的话，就离此去正西数里山谷中的万安溪处，

① 罗贯中：《三国演义》，人民文学出版社 1979 年版，第 669 页。

可以找到消除毒气的方法。当诸葛亮请问老者身份的时候，老者告诉他自己是此处山神，奉伏波将军之命特来相助，说完之后就从庙后的石壁中离去。在这里，出现了一位具体的神明即山神，另外还有隐含的一位比山神更为尊贵的神，即伏波将军。他们的出现，帮助了困境中的蜀军，促成了诸葛亮征南的胜利。

综上可以看出，在神话观念里，神明对世间所发生的一切并不是无动于衷的，而是时时加以留意并予以干预。这一观念在从前的社会中普遍流行，这种观念一方面来源于对神的崇拜，另一方面又推动了对神的崇拜，当人们意识到或者相信神灵真的存在的时候，就会更加积极地去崇拜神灵。

第二，显圣与鬼魂出现。所谓“显圣”，指的是英雄死后，以灵魂的方式出现来影响人间事务，这些英雄因为生前所建立的功业以及其高尚品质，在死后被升到天上封为神祇，由于他们曾经是人间生活过的凡人，因此与人世联系更为密切，会更多地降临世间，对世间万事进行必要的干预，从而惩恶扬善。而所谓“鬼魂”，是指人死后以灵魂的方式存在，因为他们不同于死后可以成神的英雄，因此在灵魂世界中属于较低的级别。

在《三国演义》中，出现的显圣现象集中体现在关羽身上，此外，诸葛亮也曾在定军山显圣。首先来看一下关羽显圣的情况，关羽显圣在《三国演义》中出现过以下几处。

> 关公一魂不散，荡荡悠悠，直至一处，乃荆门州当阳县一座山，名为玉泉山。山上有一老僧，法名普净……三更已后，普净正在庵中默坐，忽闻空中有人大呼曰：“还我头来！”普净仰面谛视，只见空中一人，骑赤兔马，提青龙刀，左有一白面将军、右有一黑脸虬髯之人相随，一齐按落云头，至玉泉山顶。普净认得是关公，遂以手中麈尾击其户曰：“云长安在？”关公英魂顿悟，即下马乘风落于庵前，叉手问曰：“吾师何人？愿求法号。”普净曰：“老僧普净，昔日汜水关前镇国寺中，曾与君侯相会，今日

岂遂忘之耶?”公曰:“向蒙相救,铭感不忘。今某已遇祸而死,愿求清诲,指点迷途。”普净曰:“昔非今是,一切休论;后果前因,彼此不爽。今将军为吕蒙所害,大呼‘还我头来’,然则颜良、文丑,五关六将等众人之头,又将向谁索耶?”于是关公恍然大悟,稽首皈依而去。后往往于玉泉山显圣护民,乡人感其德,就于山顶上建庙,四时致祭。①

吕蒙接酒欲饮,忽然掷杯于地,一手揪住孙权,厉声大骂曰:“碧眼小儿!紫髯鼠辈!还识我否?”众将大惊,急救时,蒙推倒孙权,大步前进,坐于孙权位上,两眉倒竖,双眼圆睁,大喝曰:“我自破黄巾以来,纵横天下三十余年,今被汝一旦以奸计图我,我生不能啖汝之肉,死当追吕贼之魂!我乃汉寿亭侯关云长也。”权大惊,慌忙率大小将士,皆下拜。只见吕蒙倒于地上,七窍流血而死。众将见之,无不恐惧。权将吕蒙尸首,具棺安葬,赠南郡太守、孱陵侯;命其子吕霸袭爵。孙权自此感关公之事,惊讶不已。②

操开匣视之,见关公面如平日。操笑曰:“云长公别来无恙!”言未讫,只见关公口开目动,须发皆张,操惊倒。众官急救,良久方醒,顾谓众官曰:“关将军真天神也!”吴使又将关公显圣附体、骂孙权追吕蒙之事告操。③

三更已后,忽门外又一人击户。老人出而问之,乃吴将潘璋亦来投宿。恰入草堂,关兴见了,按剑大喝曰:“歹贼休走!”璋回身便出。忽门外一人,面如重枣,丹凤眼,卧蚕眉,飘三缕美髯,绿袍金铠,按剑而入。璋见是关公显圣,大叫一声,神魂惊散;欲待转身,早被关兴手起剑落,斩于地上,取心沥血,就关公神像前祭祀。④

---

① 罗贯中:《三国演义》,人民文学出版社1979年版,第664页。

② 同上。

③ 同上书,第665页。

④ 同上书,第709页。

兴自思此人救我性命，当与相见，遂拍马赶来。看看至近，只见云雾之中，隐隐有一大将，面如重枣，眉若卧蚕，绿袍金铠，提青龙刀，骑赤兔马，手绰美髯，分明认得是父亲关公。兴大惊。忽见关公以手望东南指曰："吾儿可速望此路去。吾当护汝归寨。"言讫不见。关兴望东南急走。至半夜，忽一彪军到，乃张苞也，问兴曰："你曾见二伯父否？"兴曰："你何由知之？"苞曰："我被铁车军追急，忽见伯父自空而下，惊退羌兵，指曰：'汝从这条路去救吾儿。'因此引军径来寻你。"关兴亦说前事，共相嗟异。①

第一处关公显圣，是在关公刚刚被害之后，此时关公英魂不散，飘到荆州当阳一带的玉泉山上，正好遇到了当年在汜水关中遇见的僧人普净，在高僧点化下猛然醒悟，不再执着于一己的私恨，而去显圣保民，因而得到人们的感激，为其设庙祭祀，香火不绝。这个情节中有明显的佛教因素，但如果只是从神话思维的角度来看的话，最根本的还是体现了这种灵魂不死的观念，特别是像关公这样的人物，他的灵魂具有一般人所不具有的能力。此外，他的影响力能够延至身边的人，像文中提到关公的时候还说到他左边一个白面将军，右边一个黑脸虬须之人相随，这里指的应该就是关平与周仓，虽然没有看出他们两人在这里体现出什么神力，但作为关公生前的义子与重要部将，他们在死后依附于关公，也获得了某种神力，从而没有像一般阵亡将士那样就此消失在阳世或者化为鬼魂，而是依旧跟随在关公的英灵身边。而在第二、第三、第四、第五处的关公显圣，则都是体现了关公的复仇。正如在第二处显圣中关公附吕蒙之体时所说的那样，生不能生啖其肉，死当追其之魂。因此，他在东吴的庆功宴席上追吕蒙之魂，在曹操面前，头颅忽然"口开目动，须发皆张"，吓得曹操惊倒在地。而当刘备起兵报仇的时候，又在潘璋面前显圣，帮助关兴杀死

① 罗贯中：《三国演义》，人民文学出版社 1979 年版，第 809 页。

了潘璋。第六处显圣，则是其子关兴被敌人围困，他显圣帮助关兴解围。

此外，在魏国大将钟会进军汉中，兵至定军山的时候，也出现过一次显圣，即孔明显圣，这一回的题目即“钟会分兵汉中道　武侯显圣定军山”，书中如此描写：

> 转过山坡，忽然狂风大作，背后数千骑突出，随风杀来。会大惊，引众纵马而走。诸将坠马者，不计其数。及奔到阳安关时，不曾折一人一骑，只跌损面目，失了头盔。皆言曰：“但见阴云中人马杀来，比及近身，却不伤人，只是一阵旋风而已。”会问降将蒋舒曰：“定军山有神庙乎？”舒曰：“并无神庙，惟有诸葛武侯之墓。”会惊曰：“此必武侯显圣也。吾当亲往祭之。”次日，钟会备祭礼，宰太牢，自到武侯墓前再拜致祭。祭毕，狂风顿息，愁云四散。忽然清风习习，细雨纷纷。一阵过后，天色晴朗。魏兵大喜，皆拜谢回营。是夜，钟会在帐中伏几而寝，忽然一阵清风过处，只见一人，纶巾羽扇，身衣鹤氅，素履皂绦，面如冠玉，唇若抹朱，眉清目朗，身长八尺，飘飘然有神仙之概。其人步入帐中，会起身迎之曰：“公何人也？”其人曰：“今早重承见顾。吾有片言相告：虽汉祚已衰，天命难违，然两川生灵，横罹兵革，诚可怜悯。汝入境之后，万勿妄杀生灵。”言讫，拂袖而去。会欲挽留之，忽然惊醒，乃是一梦。会知是武侯之灵，不胜惊异。①

此段情节的背景是魏国大将钟会、邓艾各率大军伐蜀，姜维退守剑阁，蜀国大势已去，在这个时候，诸葛亮显圣，以数千阴兵阻住了钟会的进军步伐，并且托梦于钟会，要他不要妄杀无辜。其结果就是钟会传令前军，立一白旗，上书“保国安民”四字；下令所到之处，

---

① 罗贯中：《三国演义》，人民文学出版社1979年版，第1001页。

如妄杀一人者偿命，从而最大限度地保护了蜀国百姓不受兵戈之苦。

以上关公显圣与诸葛亮显圣，都有相同之处，即显圣的时间与地点比较特殊。关公显圣的时候有四次是在特殊的时机，刚刚被杀之时在玉泉山见普净；东吴庆功宴上杀吕蒙；曹操面前惊倒曹操；关兴被困时救关兴。另外一次显圣则和诸葛亮显圣有相同之处，即在特殊的地点——祭祀自己的地方。当时关兴追赶东吴大将潘璋迷失道路，前去一户农家投宿，在正厅发现供着父亲关公的神像，而后来潘璋恰恰也来这家投宿，正遇上关兴，结果正要逃走的时候迎面撞上关公，神魂惊散，被关兴所杀。而诸葛亮显圣则是在定军山，诸葛墓所在的地方。由此可见，显圣必须在特定的时间或者空间才有可能出现。宗教学家伊利亚德在他的著作《神圣与世俗》中指出，对于宗教徒而言，空间并不是一种均质的分布，在他们看来，空间的某些部分和其他部分从内在品质上来看是有所区分的，这某些部分是一种神圣的空间。[①] 尽管这一神圣空间依旧是真实存在的，但它却因具备某种意义而区别于其他空间。这种空间以某种显圣物的方式来向宗教徒宣示自己的非同寻常。伊利亚德以现代城市中的教堂为例，指出对一个宗教徒而言，教堂与它本身所处的街道分别属于不同性质的空间，通过踏入教堂的门槛，宗教徒就能从世俗踏入了神圣的领域。通过教堂建筑这一具有神圣意义的存在，就可以把教堂所处的这块土地区别于其他周边的土地。从而分离出了一个充满神圣的空间。同样地，时间对于宗教徒而言，也不是均质的，而是存在着一些神圣的时间，伊利亚德以宗教节日为例，指出对这些宗教节日的宗教性参与，就意味着从日常的时间中跨出，进入那种神圣的时间中去。[②] 在历史演义小说中，也充分利用了那些与平时平地不同的特殊时间与空间，来使故事中的英雄受到影响或者启示。而在《三国演义》中，这几次显圣也对应了这种

---

① ［美］米尔恰·伊利亚德：《神圣与世俗》，王建光译，华夏出版社 2002 年版，第 1 页。

② 同上。

神圣空间与时间的方式。首先从神圣空间来看，杀潘璋时的关公显圣，是在祭祀他的神像前发生的，这里就不同于其他的荒郊野地，而是一个具有特殊意味的地方，通过对关公神像的设置与祭祀的行动，已经使得这个地方具有了神圣的意味，因此关公在这个地方显圣，对当时的人们来说，这是再自然不过的一件事情。而同样地，诸葛亮的显圣，也是在定军山武侯墓一带，与关公一样，都是在神圣空间里的显圣。而关公的另外几次显圣，从神圣时间的角度看，他出现的时间不仅仅是世俗意义上的时间，更是“英雄死后”“英雄后裔遇难”这样的具有特殊意义的时间。因此，从神话思维的角度来看，在这种特殊的时间点上，英雄显圣也成为很自然的事情。

关于鬼魂，《礼记·祭法》中说：“大凡生于天地之间者皆曰命。其万物死皆曰折，人死曰鬼。”① “庶人、庶士无庙，死曰鬼”②，而《左传·昭公七年》中子产提到过“鬼有所归，乃不为厉”③。也就是说在中国古代，人们普遍认为，普通人没有庙堂祭祀的，死后就会变成鬼，而那些没有地方可以去的鬼，就会变为厉鬼，从而对世人产生某种危害。在《三国演义》中，鬼魂的出现往往是因为生前含冤而死，他们因怨气不散而无所归依。所以在适当的时候以非实体的方式出现。书中有以下几处描写。

> 是夜，操卧寝室，至三更，觉头目昏眩，乃起，伏几而卧。忽闻殿中声如裂帛，操惊视之，忽见伏皇后、董贵人、二皇子，并伏完、董承等二十余人，浑身血污，立于愁云之内，隐隐闻索命之声。④
>
> 次日，觉气冲上焦，目不见物，急召夏侯惇商议。惇至殿门前，忽见伏皇后、董贵人、二皇子、伏完、董承等，立在阴云之

① 李学勤主编：《十三经注疏》，北京大学出版社1999年版，第1299页。

② 同上书，第1300页。

③ 同上书，第1247页。

④ 罗贯中：《三国演义》，人民文学出版社1979年版，第672页。

中。惇大惊昏倒，左右扶出，自此得病。[①]

却说魏主在宫中，夜至三更，忽然一阵阴风，吹灭灯光，只见毛皇后引数十个宫人哭至座前索命。睿因此得病。[②]

却说诸葛恪之妻正在房中心神恍惚，动止不宁，忽一婢女入房。恪妻问曰："汝遍身如何血臭？"其婢忽然反目切齿，飞身跳跃，头撞屋梁，口中大叫："吾乃诸葛恪也！被奸贼孙峻谋杀！"恪合家老幼，惊惶号哭。[③]

第一处、第二处鬼魂的出现，是在曹操去世之前，此前曹操被关公显圣惊倒在地，从此每日合眼便见到关公。因而惊惧不安，后来又在梦中被梨树神显圣所惊，患上头痛，又因为多疑杀了神医华佗。因此病势不断加重，在这个时候，当初被他杀害的伏皇后、董贵人、二皇子、伏完、董承等现在出现，向他索命。以上诸人中，董承是奉汉献帝衣带诏之命要除掉曹操，事情泄露被杀，而董贵人作为董承之妹则是受了董承的牵连。伏完也是因为受汉献帝密诏要除掉曹操而被杀的，伏皇后与二皇子均是被牵连者。这几个人或是忠义之士，或是弱女幼子，无辜被杀，因而阴魂不散，在曹操得病之时出现，向他索命，从而加速了曹操的死亡。而第三处中，则是魏主曹睿宠爱郭夫人，将原配毛皇后以及身边的宫人赐死。毛皇后在曹睿即位之前夫妻恩爱，后来失宠，又与众宫人一起无辜被杀，所以也是冤魂索命，导致了曹睿的死亡。最后一处是东吴大臣诸葛恪，因为权势太重，被孙峻等人所敌视，所以劝说吴王孙亮除掉诸葛恪。结果孙峻等人在宴席上安排伏兵，杀了诸葛恪。作为横死之人，诸葛恪之魂也借家里女婢之身向家人告知了自己的死讯。

除此之外，其他历史演义小说中也有大量这样的例子存在。

---

① 罗贯中：《三国演义》，人民文学出版社 1979 年版，第 672 页。

② 同上书，第 923 页。

③ 同上书，第 943 页。

当下罗成被乱箭射死在淤泥河内，就像个柴把子一般，一点灵魂，竟往山东来见妻子。是夜罗夫人抱着三岁孩子罗通，睡在床上，时交三更，看见罗成满身鲜血，周围插箭，上前叫道：“我的妻呀！我因探望秦王，被建成、元吉设计相害，逼我追赶刘黑闼，中了苏定方奸计，射死淤泥河内。妻呵，你好生看管孩儿，我去也！”罗夫人惊醒，却是南柯一梦。次日，夫人将此梦说与太太知道，太太大惊，连忙说与秦叔宝、程咬金知道，都各各惊疑此梦不祥。按下不表。①

这里是《说唐传》中的一段情节，当时罗成与李渊的长子李建成、三子李元吉共守潼关，李建成、李元吉因事受到罗成责骂，故而怀恨在心，又加上罗成等一班瓦岗兄弟都膺服李世民，因此两人设计陷害罗成，趁罗成出关交战之时关闭城门，罗成不得入关，在不得已的情况下追击刘黑闼，结果中了苏定方之计，马陷淤泥河，被乱箭射死。而罗成战死在淤泥河之后，英魂不散，前往家中托梦。下面一则则是帮助隋炀帝杨广篡位的奸臣杨素，被其所害的先帝先后所追命。

走下殿将出苑门，忽然一阵阴风，扑面括来，吹的毛骨悚然。抬头只见宣华夫人，走近前来，对着杨素喊道：“杨仆射，当初晋王谋夺东宫之时，有你没有我，有我总有你。”杨素此时竟忘了宣华是死过的，便道：“这已往之事，夫人今日何必再题？”宣华道：“如今皇爷差我来，要与你证明这一案。”杨素道：“刚才我在里头赐宴，并不题起。”说犹未了，只见文帝头带龙冠，身穿衮服，手内执金钺斧，坐在逍遥车上，拦住骂道：“你弑君老贼，还要强口！”把金钺斧照头砍来，杨素躲避不及，一交跌倒在地，口鼻中鲜血迸流。②

① 无名氏：《说唐传》，岳麓书社2012年版，第427页。

② 褚人获：《隋唐演义》，岳麓书社2012年版，第146—147页。

这是隋唐演义中的内容，隋炀帝杨广杀父鸩兄夺得皇位，在这个过程中，杨素起了很大的作用，因此被冤死的先皇追命，惊吓成疾而死。

下面一节见于冯梦龙编著《东周列国志》，说的是忠臣被害后，其魂向昏君索命。

> 行不上三四里，宣王在玉辇之上，打个眼睉，忽见远远一辆小车，当面冲突而来。车上站著两个人，臂挂朱弓，手持赤矢，向著宣王声喏曰："吾王别来无恙？"宣王定睛看时，乃上大夫杜伯，下大夫左儒。宣王吃这一惊不小。抹眼之间，人车俱不见。问左右人等，都说并不曾见。宣王正在惊疑，那杜伯左儒又驾著小车了，往来不离玉辇之前。宣王大怒，喝道："罪鬼，敢来犯驾！"拔出太阿宝剑，望空挥之。只见杜伯、左儒齐声骂曰："无道昏君！你不修德政，妄戮无辜，今日大数已尽，吾等专来报冤。还我命来！"话未绝声，挽起朱弓，搭上赤矢，望宣王心窝内射来。宣王大叫一声，昏倒于玉辇之上。①

西周末年，宣王无道，杀了贤臣杜伯、左儒，后来在宣王打猎途中，两位贤臣之魂前来追命，导致周宣王一病不起，最终送了性命。

以上的神明出现、英雄死后显圣以及鬼魂的出现这些情节，从根本上说都是原始社会中神话的一种变形式展现。正如前面所说的那样，神话可以带领人们走出自身的日常经验，带领人们进入未知的世界，它是与现存世界并行的另一个维度，而人们正是通过在某些特定的时间与地点，经由某种方式与神灵相遇，而进入未知的世界的。尽管从物质层面上来看，人们所处的空间与时间和平时没有什么不同，但是神灵的显身却使得当时当地与世俗的时空所分离，从中人们获得了神圣的体验，感受到了来自另一世界的力量。而《三国演义》中神

① 冯梦龙编著：《东周列国志》，齐鲁书社2005年版，第3页。

灵显身的情节，也完全符合神话的这一功能，故事中的主人公在特定的时空状态下与神灵相遇，获得力量或者接受惩罚，而故事之外的阅读者则通过故事体验这种神圣感。

二 星落人陨

《三国演义》中涉及星象的共有十几处，按内容可以分为三大类，其一是有关人的，共有九处，分别对应了孙坚、曹操、刘琦、周瑜、庞统、关羽、张飞、诸葛亮、公孙渊九人，其中，除去曹操是“未合身亡”之外，其他情况都是星星坠落，象征着某个人的死亡。其二则是体现兵事的。其三是体现国运的。这些星象在《三国演义》中出现的情节分别如下。

第一类通过星象来看人的命运，大致有以下几处。

第一处发生在《三国演义》第七回中，当时孙坚带领江东军马进攻荆州刘表，荆州军马连败数阵，这个时候，刘表手下的主要谋士蒯良却从天象上看出了孙坚将死的预兆，他说自己夜观天象，看见有一颗将星将要坠落，按照分野来推算的话，应该预示着孙坚将死。所谓“分野”，是古代的天文学术语。指的就是分别与人间的地理位置相对应的天空的星区，蒯良所观察的将要坠落的将星，正对应着孙坚的方位，所以他就能判断出孙坚将死。结果果然如他所料，孙坚大意轻敌，在追击吕公的时候中计，被乱箭射死。

第二处发生在《三国演义》第五十回，当时正是赤壁大战之时，诸葛亮调动军马准备在曹操撤退途中进行截杀，关羽立下军令状要在华容道截击曹操，刘备担心关羽重义气，可能会放走曹操，诸葛亮说自己夜观乾象，曹操还不会死，正好让关公去做人情。关于《三国演义》中华容道放曹操这一段情节，后人有多种观点，有不少人认为是关羽重小义不重大义，放走曹操。但如果从《三国演义》中这一情节来看，说到底依旧是天意，因为曹操气数未尽，所以，在华容道无论安排哪员大将，结果都是一样，倒不如把关羽安置在此，成全他义绝千古的形象。

第三处、第四处分别发生在《三国演义》的第五十三回与第五十七回。

孔明曰："亮夜观星象，见西北有星坠地，必应折一皇族。"正言间，忽报公子刘琦病亡。①

却说孔明在荆州，夜观天文，见将星坠地，乃笑曰："周瑜死矣。"②

这两处说得比较简略，但也是通过观星象而知道人的死讯。

第五处则是在《三国演义》第六十三回，当时庞统在落凤坡中箭身亡，诸葛亮在荆州观天象得知了这一消息。

时当七夕佳节，大会众官夜宴，共说收川之事。只见正西上一星，其大如斗，从天坠下，流光四散。孔明失惊，掷杯于地，掩面哭曰："哀哉！痛哉！"众官慌问其故。孔明曰："吾前者算今年罡星在西方，不利于军师；天狗犯于吾军，太白临于雒城，已拜书主公，教谨防之。谁想今夕西方星坠，庞士元命必休矣！"③

当时正是七夕佳节，荆州留守的众官员正在夜宴，忽然看见流星西坠，诸葛亮大惊，说庞统必死，当时众官惊疑未信，结果几天后关平带刘备书信前来，说七月七日庞统连人带马被乱箭射死在落凤坡前。因为在此之前，诸葛亮曾经给在西川作战的刘备写信，说夜观天象，通过观察发现星象预示着会有对将帅不利的事情发生，所以当他看到正西方有大星坠落，就知道是前线失利，庞统阵亡。

第六处、第七处分别写了关羽张飞死亡时的星落，分别出现在

---

① 罗贯中：《三国演义》，人民文学出版社1979年版，第460页。

② 同上书，第486页。

③ 同上书，第545页。

《三国演义》第七十七回与第八十一回。

> 孔明曰："吾夜观天象，见将星落于荆楚之地，已知云长必然被祸，但恐主上忧虑，故未敢言。"①

当时诸葛亮刚刚从刘备处辞别，在门外遇到许靖，说传闻荆州失守，关羽父子被害。诸葛亮也说从天象上已经看出。将星坠落在荆楚地区，而关羽正是守荆州的主将，因此就能推断出必然是关羽遇难。下文张飞之死也是如此。

> 却说先主是夜心惊肉颤，寝卧不安。出帐仰观天文，见西北一星，其大如斗，忽然坠地。先主大疑，连夜令人求问孔明。孔明回奏曰："合损一上将。三日之内，必有惊报。"②

当时刘备见有巨星落地，赶紧派人求问孔明，当时诸葛亮说会损折一员上将。这个时候刘备已经从西川发兵，要张飞从阆中出发，阆中位置大约正在成都至东吴路线的西北方向，既然是西北方大星坠落，这员上将是张飞的可能性就非常高了。因此，当后来听说张飞部将派人送来表章的时候，刘备就顿足说"三弟休矣"。

第八处见于《三国演义》第一百零四回，诸葛亮病逝五丈原的时候。当时，诸葛亮死后，司马懿见大星流于西南，坠入蜀营。西蜀在西南方，诸葛亮北伐，战场在东北，因此司马懿看见大星从东北流于西南，又坠入蜀营，便知道诸葛亮身亡。

第九处是在第一百零六回，当时辽东公孙渊造反，司马懿带兵前去讨伐，当时公孙渊败退襄平与司马懿相持。

---

① 罗贯中：《三国演义》，人民文学出版社1979年版，第666页。

② 同上书，第694页。

是夜，懿出帐外，仰观天文，忽见一星，其大如斗，流光数丈，自首山东北，坠于襄平东南。各营将士，无不惊骇。懿见之大喜，乃谓众将曰：“五日之后，星落处必斩公孙渊矣。来日可并力攻城。”①

当时公孙渊已经兵败，但因为天气原因，所以一时间魏军还没有攻破襄平城，但当司马懿看见一颗大星从首山东北坠入襄平东南时，就知道五日之后，必然能斩公孙渊，于是命令全军并力攻城，果然五天之后，在星落处擒斩了公孙渊父子。

第二类是通过星象来判断军事情况。《三国演义》中出现过以下几例。

是夜星光满天。且说沮授被袁绍拘禁在军中，是夜因见众星朗列，乃命监者引出中庭，仰观天象。忽见太白逆行，侵犯牛、斗之分，大惊曰：“祸将至矣！”遂连夜求见袁绍。时绍已醉卧，听说沮授有密事启报，唤入问之。授曰：“适观天象，见太白逆行于柳、鬼之间，流光射入牛、斗之分，恐有贼兵劫掠之害。乌巢屯粮之所，不可不提备。宜速遣精兵猛将，于间道山路巡哨，免为曹操所算。”②

玄德拆书观之，略云：“亮夜算太乙数，今年岁次癸巳，罡星在西方；又观乾象，太白临于雒城之分：主将帅身上多凶少吉。切宜谨慎。”③

以上两例是根据星象来判断具体的战争情况，第一例发生在曹操乌巢劫粮时，当时沮授因直言犯上，被袁绍囚禁。他夜观天象，发现

① 罗贯中：《三国演义》，人民文学出版社 1979 年版，第 922 页。

② 同上书，第 268 页。

③ 同上书，第 542 页。

天象异常，首先是太白逆行，在古代中国的天文学看来，太白星通常是出东方入北方，出西方入南方，如果逆行的话，是大凶之兆。而且太白逆行的柳、鬼方位正是二十八宿的南方星区，按五行来说南方属火，加上柳星象征饮食、仓库等，如果柳星动摇的话，则说明会有重要人物因酒的原因而死。这一切天象都与袁绍军的重要粮仓乌巢有关，而且守将淳于琼好酒误事。所以沮授急忙告知袁绍应该赶紧派遣精兵猛将在山道上巡哨，以防曹操偷袭，但袁绍不听，结果招致惨败。第二例则是发生在刘备攻取西川的战斗中，当时刘备取了涪关，斩了川将冷苞，正要乘胜进军，这时候接到了诸葛亮的书信。所谓“罡星”，指的是北斗七星，象征着辅佐大臣，现在罡星在西方，而西方在五行中属金，象征着战争，武器。而太白星又是肃杀的象征，所以诸葛亮看见罡星在西方，太白星位于雒城，就判断将帅身上凶多吉少，但是庞统却误以为诸葛亮想要与他争功，于是催促刘备出兵，结果死在落凤坡前。

此外还有几处分别出现在诸葛亮和姜维起兵北伐中原的时候。

> 忽班部中太史谯周出奏曰：“臣夜观天象，北方旺气正盛，星曜倍明，未可图也。”乃顾孔明曰：“丞相深明天文，何故强为？”孔明曰：“天道变易不常，岂可拘执？吾今且驻军马于汉中，观其动静而后行。”①
>
> 却说谯周官居太史，颇明天文；见孔明又欲出师，乃奏后主曰：“臣今职掌司天台，但有祸福，不可不奏：近有群鸟数万，自南飞来，投于汉水而死，此不祥之兆；臣又观天象，见奎星躔于太白之分，盛气在北，不利伐魏；又成都人民，皆闻柏树夜哭：有此数般灾异，丞相只宜谨守，不可妄动。”②
>
> 懿奏曰：“臣夜观天象，见中原旺气正盛，奎星犯太白，不

① 罗贯中：《三国演义》，人民文学出版社 1979 年版，第 787 页。

② 同上书，第 881 页。

利于西川。今孔明自负才智，逆天而行，乃自取败亡也。臣托陛下洪福，当往破之。”①

谯周出班奏曰：“臣夜观天文，见西蜀分野，将星暗而不明。今大将军又欲出师，此行甚是不利。陛下可降诏止之。”②

以上四例，都写的是通过对天象的观察来了解出兵成败，其中有三处都是谯周的意见，作为颇明天文的太史，谯周对天象的观测是很符合当时蜀国情况的。他认为北方将星正旺，而西蜀分野将星暗而不明，出兵不利，但是无论是诸葛亮还是姜维，都没有听从他的劝告，执意出兵，结果徒劳无功。此外，在六出祁山之时，谯周与司马懿都说到了奎星犯太白这一天象，太白星属西方，对应西川，而奎星，则是天下的武器库，象征战争，动则兵乱。所以由此即可预知西蜀方面出师不利，结果果然如同星象所预示的那样，六出祁山尚未出兵就传来不利消息，蜀国主要大将之一的龙骧将军关兴病故，诸葛亮大哭昏倒，而出兵之后更是初战失利，蜀将吴班中箭落水而死，魏延、马岱等几路人马也中了埋伏，损失不小。而这次伐魏的结果也是以诸葛亮积劳成疾，病逝于五丈原而告终。

第三类是通过观察星象，了解国家运势的。第一处是在董卓迁都长安之后，孙坚作为十八路诸侯的先锋进驻洛阳，当夜仰观天象，发出国运不昌的感叹。

坚归寨中，是夜星月交辉，乃按剑露坐，仰观天文。见紫微垣中白气漫漫，坚叹曰：“帝星不明，贼臣乱国，万民涂炭，京城一空！”言讫，不觉泪下。③

---

① 罗贯中：《三国演义》，人民文学出版社 1979 年版，第 882 页。

② 同上书，第 890 页。

③ 同上书，第 53 页。

紫微垣是以北极星居中，包括北斗七星所在的拱极区，作为天上社会的政治中心，象征着地上的政治中心，而作为帝星的北极星，正在紫微垣中。当时孙坚看紫微垣中白气漫漫，导致帝星不明，生灵涂炭，不觉落泪，所谓“白气漫漫”，是指白雾，一般认为白雾与白虹都是奸臣专权的象征，正对应了董卓擅权导致汉朝纲纪崩坏。

一处发生在官渡大战之后，当地父老前来迎接曹操，并对他说，在汉桓帝年间，在楚、宋分野出现过黄星，当时的辽东人殷馗判断说，五十年后会有真人兴起于梁沛之间。而到如今，正好五十年，所以应了当年殷馗的话，如今有了太平的迹象。

另一处则是刘备入川，兵临成都的时候，当时刘璋大势已去，众官员议论不定，这时候谯周向刘璋提议出城投降。

> 忽一人进曰：“主公之言，正合天意。”视之，乃巴西西充国人也，姓谯，名周，字允南。此人素晓天文。璋问之，周曰：“某夜观乾象，见群星聚于蜀郡；其大星光如皓月，乃帝王之象也。况一载之前，小儿谣云：若要吃新饭，须待先主来。此乃预兆。不可逆天道。”①

谯周素晓天文，他夜观天象，看见有帝王之兆的大星出现在蜀郡，所以知道天意要让刘备入主西川，另外加上还有以童谣形式出现的预言，所以劝刘璋要依天意行事，出城投降。

以上所有的例子，都是人们根据星象来获悉或者预知某些事情。这是与原始时期的神话思维密切相关的。在原始神话思维当中，有一个重要的特点就是认为事物之间存在着某种神秘的联系。具有这种思维的古人，往往认为天是最高的神，是宇宙万物的主宰，从而他们会运用神话类比的思维方式按照人间社会来描绘天界，由此推断出天上星象跟地上人事是一一对应的，天空的星象运行与大地上的人事变迁

---

① 罗贯中：《三国演义》，人民文学出版社 1979 年版，第 565 页。

有着紧密的联系。因此，在古代社会，人们往往相信，通过观测星象可以了解或者预测到人间的事情。在中国古代社会里，星象家们通过长期的观测，确定了天空中那些位置相对不变的恒星，并以这些恒星为基准，来观察天空中其他行星的运行规律。在长期的观测中，古人发现，北极星的位置是始终不变的，如同天界的中心一样，其他星辰都在围绕它旋转。[①] 这样，北极星就处于一个众星环拱的特殊地位，在当时的人们看来，北极星就如同人间的帝王一样，成为主宰万物的天帝的象征。而相应地，环绕北极星的其他星星则分别象征了人世间的将相文武、诸侯九卿等。通过这种神话思维的类比推知，天空的星象与地上的人事就形成了一种对应关系，通过这种对应关系，就可以根据天上星星的运行情况，与这些星星所对应的地上分野相结合，用来推演地上的人事变迁。

三　神奇的梦境

梦境，毫无疑问是一个有别于平时的场景，梦境的出现，意味着日常时空的被切断，人们经由梦境，进入一个特殊的空间之中，在这个舞台上，人可以与神明进行交流，获得某种知识，或者获得某种启示。在《三国演义》中，和梦境有关的主要以梦兆为主，而在其他的历史演义小说中，也常有在梦境中获得信息或者能力的情节存在，下面将分别讲述。

首先看三国演义中的梦兆。

梦兆，是古人比较重视的征兆中的一类，中国早在周代开始，就有了对梦兆的解释。这种对梦兆的重视，其原因在于当时的人们把梦当作是一种灵魂的活动，认为在梦中，灵魂可以进入不同于现实世界的另一个空间，在那个空间里，他们可以获得某种知识，了解某些事情。正如前面显圣部分所提到的神圣空间那样，在相信灵魂观念的古人眼里，梦就是一个神圣的空间，灵魂通过在梦境中的经历能够了解

---

① 鲁子建:《读〈三国演义〉谈星象占卜》,《文史杂志》2004 年 第 1 期。

到人们在现实世界还没有了解的事情，有时甚至能通过梦中的经历对现实世界产生作用。《三国演义》中的梦，主要是起到两种作用，一是让人了解到已经发生但现在还不知晓的事情；二是让人了解到将要发生的事情。第一类在文中将其称为感应梦，即感应到已经发生的事情的梦。这类感应梦发生在以下几处。

庄主是夜梦两红日坠于庄后，惊觉，披衣出户，四下观望，见庄后草堆上红光冲天，慌忙往视，却是二人卧于草畔。①

这一处是十常侍之乱时，汉少帝与陈留王两人逃出宫中，来到一处庄园，在庄园外的草垛中休息。当夜，庄园的庄主梦到两轮红日落到庄后，因此起来巡视，发现了少帝与陈留王。红日，在古代往往被看作帝王的象征，汉少帝本是帝王，而他的弟弟陈留王后来也成为皇帝，因此庄主会梦到两轮红日，而他们是因为避乱逃到这里，因此庄主梦到的红日是坠入庄后。

书中另一处梦兆出现在第五十八回《马孟起兴兵雪恨 曹阿瞒割须弃袍》当中，当时马超夜做一梦，自己卧在雪地上，有群虎来咬，猛然惊醒。当时他召集众将讨论，庞德就指出说这是凶兆，认为可能是马超之父马腾在许昌那边发生不幸。正说着，马岱从许昌逃回，说马腾与其子侄马休、马铁等被曹操所杀。

此外还有两处发生在《三国演义》第七十七回。

却说王甫在麦城中，骨颤肉惊，乃问周仓曰："昨夜梦见主公浑身血污，立于前；急问之，忽然惊觉。不知主何吉凶？"正说间，忽报吴兵在城下，将关公父子首级招安。②

忽一日，玄德自觉浑身肉颤，行坐不安；至夜，不能宁睡，

---

① 罗贯中：《三国演义》，人民文学出版社1979年版，第25页。

② 同上书，第662页。

起坐内室，秉烛看书，觉神思昏迷，伏几而卧；就室中起一阵冷风，灯灭复明，抬头见一人立于灯下。玄德问曰："汝何人，夤夜至吾内室?"其人不答。玄德疑怪，自起视之，乃是关公，于灯影下往来躲避。玄德曰："贤弟别来无恙！夜深至此，必有大故。吾与汝情同骨肉，因何回避?"关公泣告曰："愿兄起兵，以雪弟恨！"言讫，冷风骤起，关公不见。玄德忽然惊觉，乃是一梦。时正三鼓。①

这两处，是关公死后，王甫与刘备的梦。当时关公父子被孙权擒杀之后，留守麦城的王甫梦见关公全身是血，立在自己面前，醒来之后就听到报告，说关公父子被杀。而刘备也是在关公死后，梦见关公给自己托梦，请他出兵为自己报仇。而在诸葛亮在五丈原去世的时候，后主刘禅也在成都梦见锦屏山崩倒。第二天召集文武入朝圆梦，谯周就结合昨天夜观天象的结果进行分析，认为是丞相（诸葛亮）有大凶之事，后来果然是诸葛亮去世。

以上几例，都是在事情已经发生但做梦之人尚不知晓的情况下的梦，这种梦的特点是即使准确地推断出梦的信息，也已经无法采取措施。而第二类在本书被称为预兆梦，这里梦的特点是会提前预示可能发生的事情，人们在准确解读这类梦的预兆之后，可以对其进行一定的补救或者促成的措施。这类梦在《三国演义》中有以下几处，首先是关于孙权的。

建安十二年，冬十月，权母吴太夫人病危，召周瑜、张昭二人至，谓曰："我本吴人，幼亡父母，与弟吴景徒居越中。后嫁与孙氏，生四子。长子策生时，吾梦月入怀；后生次子权，又梦日入怀。卜者云：梦日月入怀者，其子大贵。不幸策早丧，今将

---

① 罗贯中：《三国演义》，人民文学出版社 1979 年版，第 666 页。

江东基业付权。望公等同心助之，吾死不朽矣！”①

在这里，吴太夫人在临终前回忆当初生孙策、孙权时的情况，即先后梦见月、日入怀。从而生了孙策、孙权。而且象征日的孙权，后来登基称帝，象征月的孙策，虽然早夭，但也创立了江东基业，名震一时。

此外，曹操也曾梦到过一次太阳，而这次也是对应着孙权。

> 操伏几而卧，忽闻潮声汹涌，如万马争奔之状。操急视之，见大江中推出一轮红日，光华射目；仰望天上，又有两轮太阳对照。忽见江心那轮红日，直飞起来，坠于寨前山中，其声如雷。猛然惊觉，原来在帐中做了一梦。②

当时曹操与孙权在濡须一带相持不下，一天白天，曹操在帐中偶然睡去，忽然做了上文中的梦，在梦中惊醒之后，便有人报告说孙权带人在寨前山上。曹操由此推知孙权非同常人，认为红日之兆，必有帝王之相。于是产生了退兵的想法。

从先秦开始到西周，原始社会中的太阳崇拜经历了一个政治化的过程，太阳逐渐成为帝王的象征。③ 上面两例梦日也就都预示着孙权将要成为帝王，因此吴太夫人叮嘱周瑜、张昭，要他们尽心尽力辅佐孙权，成就大业。而作为孙权敌对方的曹操，意识到孙权有帝王之兆后，也产生了退兵的想法。

而以下几处梦兆，却因为没有得到足够的重视或者没能够被正确解读，结果没能够做出相应的措施。第一处是庞统在落凤坡被乱箭射死之前，当时刘备夜里做了一梦，有一个金甲神人用铁棒打击他的右

---

① 罗贯中：《三国演义》，人民文学出版社 1979 年版，第 336 页。

② 同上书，第 330 页。

③ 岳红琴：《先秦时期太阳崇拜及其对人类社会生活的影响》，《商丘师范学院学报》2005 年第 4 期。

臂，因此产生疑虑，认为不宜进兵。但庞统不信，坚持出兵。庞统与诸葛亮一样，是刘备的重要谋士，可以说是左膀右臂，刘备梦中右臂被击，是一个很明显的预兆，但庞统却急于立功，无视这一预兆，结果在落凤坡阵亡。第二处是在关公起兵攻打樊城时，当时关公梦见一头巨大的黑色猪奔入帐中，咬伤了他的左足，醒来后，左足还隐隐作痛，当时关公召集众官讨论，没有形成一致意见，但因为后来有使者从成都来，拜关公为前将军，都督荆襄九郡，因此众人以为应了这一梦的征兆，关公也坦然不疑。但事实上从后来的情节看，这一梦预示的却是后来吕蒙偷袭荆州，关公兵败被杀的事情。

此外，曹操临终之前，还曾经梦见三马同槽而食，第二天醒来问贾诩，贾诩认为这是吉兆，不必担心。但事实上，三马预示的是司马懿、司马师、司马昭三父子，后来魏国大权果然尽落在司马氏手中。但当时由于曹操和贾诩都没能正确理解这一梦兆的寓意，所以没能够及时防范。

第三处梦兆是在诸葛亮去世后，当时蜀国大将魏延夜做一梦，梦见头上生出两角，醒来后感觉惊奇，于是向行军司马赵直请教，赵直解释说这是大吉之兆，因为麒麟、苍龙头上都有角，这是变化飞腾的吉兆。但后来赵直告诉费祎说，角这个字的形状是“刀”下“用”，头上用刀，是大凶之兆。后来果然魏延意图不轨，被马岱所杀。

第四处梦兆是在东吴权臣孙綝废了吴主孙亮，迎琅琊王孙休为国君的时候。当时孙休夜里梦见自己乘龙上天，但回头一看却不见了龙尾，于是从梦中惊醒。在中国文化中，龙是帝王的象征，孙休夜里梦见骑龙上天，自然预示着将要成为帝王，而不见龙尾的情况，则是有始无终的象征。孙休称帝后，首先依靠丁奉等人，除掉了权臣孙綝，稳住了皇位，但后来蜀国灭亡之后，孙休料定魏国必来灭吴，惊忧成疾而死，正对应了乘龙上天却不见龙尾的异梦。

《三国演义》后面章节，魏国两路大军伐蜀，大将邓艾也曾经做过一个梦，梦见自己登上高山俯视汉中，忽然脚下出现泉水，水势上涌，将他惊醒。第二天向他的护卫询问，他的护卫解释说，根据《易》来看，这一梦显示邓艾此次出兵必然能够平定蜀国，但是可能不能顺利回来。后来邓艾果然在灭蜀之后，被钟会等人诬陷，失去兵权，后来又被自己的部将田续所杀。而另一统兵大将钟会，则在阴谋造反的时候梦见数千条大蛇来咬，醒来后向姜维询问，姜维解释说这是吉庆之兆。钟会大喜，其实夜梦蛇咬也是不祥之兆，后来钟会被众将围攻，死于乱箭之下，应了被数千蛇咬的梦兆。

梦兆，因为其发生的不确定性和模糊性，而一直被人们所重视。所谓“不确定性”，是因为梦的出现时机是不可预知的，而其模糊性，则是有两个原因，其一是做梦人本身对梦记忆模糊性，其二是解释上的多种可能。这一方面增加了梦的神秘性，另一方面又扩大了梦的适用范围。因为解释上的多种可能可以涵盖各种情况，总可以涵盖到后来所发生事情的某一角落，从而使人们更加相信梦的确可以预示未来。在这种逻辑下，人们往往认为，能否通过梦预测到现实，要看解梦者能力的高低，像上文中的几处梦兆，由于梦境本身的明确程度不同加上解释者水平、动机的不同，出现的结果就各不相同。马超梦见被群虎撕咬，庞德就正确地解读出是马腾在许昌有事。而关公梦见的被猪咬足，众人就解释不一，没有形成统一的意见。而曹操梦见的三马同槽，却也被错误地解释成吉兆，从而留下了后患。魏延梦见头上生角，赵直解读为大凶之兆，却不肯直说，而是告诉魏延这是吉兆。至于钟会梦见被数千条大蛇来咬，姜维解释成是吉兆，则很难确定是姜维解梦能力不足还是有意为之了。但正是由于这种解读的不确定性，更增添了梦的神秘性，使得梦兆长期以来都得到重视。

除去《三国演义》中在梦中获得预兆之外，很多其他历史演义小说中人物从梦境中获得信息或者掌握某项技能的现象也值得注意，下面举几个例子来进行分析。

首先是在梦中学习某种技能如武艺或者兵法，这出现在不少历史演义作品中，如《杨家将演义》。

呼延赞回到帐中，思量捉马坤之计。俄而睡去，忽见个火球滚入帐中，赞梦中赶将出去。至一所在，尽是金窗朱户，宫宇巍然。赞直入内，却不见那火球。旁边转过一人曰："主人候将军多时矣。"赞曰："汝主人是谁?"其人曰："请入内便见。"径引赞入殿中。见一员猛将，端然而坐，觑定呼延赞曰："你道天下只你一个会武艺么?"赞答曰："小人一勇之夫，何足挂齿!"那员将道："且去教场中，吾有事讲论。"

赞即随到教场亭上坐下。那将令左右以鞍马军器付与赞，曰："你有甚武艺，试演一遭，与吾观之。"赞领诺上马，将平生所学显出。那将笑曰："此不足为奇。"唤左右牵过自己马来，谓赞曰："吾与君较一较胜负。"赞自思思："适间留一路枪法未使，且与他比较刺之。"乃上马与那将场中比较。二人斗上数合，赞挥起钢枪，被那将转过骅骝，挟下马来，连喝曰："吾弟牢记此一法。"赞愕然觉来，却是梦中，视身上衣甲尚在。赞思奇异，便唤小卒入，问曰："此处莫非有神庙乎?小卒曰："离此一望之地，有一座古庙，年深荒芜，无人祭赛。"

赞于次日带小卒来看其庙，见牌额写道："唐尉迟恭之祠"。步入殿上，见神像与夜来所梦无异。赞曰："怪哉!此乃神力相助也。"即倒身四拜，当神祝曰："若使呼延赞久后发迹，必当重整祠宇，以报神功也。"拜罢，与小卒回见李建忠。建忠曰："贤弟那里得此衣甲?"赞道知夜来所梦之事。建忠喜曰："此乃神灵相助，吾弟当有大富贵之分。"①

这段文字写的是呼延赞与敌人交战不分胜负，在这个时候偶做一梦，在梦里，唐代名将尉迟恭传授了他一套鞭法，让他克敌制胜。无独有偶，在《说岳全传》中也有这种梦中传授武艺与兵法的情节。

① 熊大木编撰：《杨家将演义》，金盾出版社 2009 年版，第 13—14 页。

却说岳爷打了岳云，又战不下杨再兴，心中闷闷不乐，就在帐中靠着桌上蒙眬睡去。忽见小校报说："杨老爷来拜。"随后就走进一位将官。岳爷连忙出来迎接，进帐见礼，分宾主坐定。那人便道："我乃杨景是也！因我玄孙再兴在此落草，特来奉托元帅，恳乞收在部下立功，得以扬名显亲，不胜感激！"岳爷道："小将久有此心，奈他本事高强，战了几日胜他不得，难以收服。"杨景道："这个是'杨家枪'，只有'杀手锏'可以胜得。待我传你，包管降他便了。"杨景说罢，起身抡枪在手，岳爷也把枪拿在手中。二人大战数合，那杨景拔步败走，岳爷在后赶上去。那杨景左手持枪，回转身分心便刺。岳爷才把枪招架，杨景右手举锏，叫一声："牢记此法！"把锏在岳爷背上一捺。岳爷一交跌倒，矍然醒来，却是一梦。岳爷暗暗称奇，私下把枪锏一法演熟。①

此外后文中还有一段，写的是诸葛锦梦中遇到祖先诸葛孔明，得授兵书。

诸葛锦无奈，只得就拜台上放下包裹，打开行李，将就睡下。行路辛苦，竟蒙眬的睡着了。

将至三更时分，忽见一人走进店来，头戴纶巾，身穿鹤氅，面如满月，五绺长须，手执羽扇，上前叫道："孙儿，我非别人，乃尔祖先孔明是也！你可快去保扶岳雷，成就岳氏一门'忠孝节义'。我有兵书三卷：上卷占风望气，中卷行兵布阵，下卷卜算祈祷。如今付你去扶助他，日后成功之日，即将此书烧去，不可传留人世。须要小心！"说罢，化阵清风而去。诸葛锦矍然醒来，却是一梦。到了天时起来，见那供桌底下有个黄绫包袱，打开一

① 钱彩：《说岳全传》，岳麓书社 2012 年版，第 304 页。

看，果然是兵书三卷，好不欢喜。①

另外，在《隋唐演义》中，程咬金也在梦中得到仙人指点，学会了六十四路斧法。

且说咬金方才合眼，只见一阵风过去，来了一个老人，对他说："快起来，我教你的斧法。你这一柄斧头，后来保真主，定天下，取将封侯，还你一生富贵。"咬金看那老人，举斧在手，一路路使开，把六十四路斧法教会了，说一声："我去也。"说罢，那老人忽然不见。咬金大叫一声："有趣。"醒将转来，却是南柯一梦。②

而在《杨家将演义》中，还有另外一节，宋太宗久攻太原不下，无计可施之际，偶得一梦。

是夜，太宗宿于中营，隐几而卧。忽闻报云："夫人至矣。"太宗开眼视之，见三四十黄中力士，迎着一乘轿来。须臾有妇女从轿中出，取过白帖一张，付与太宗。太宗问曰："卿是何人?"妇人答曰："妾乃河东小圣，今献小计，来见我主。"太宗看纸上写着八个字云："壬癸之兵，可破太原。"太宗看罢，觑那妇人，忽然不见。觉来却是一梦，将近五更。太宗亟召八王、杨光美入营中详梦。光美曰："壬癸属北方，莫非教陛下从北门攻打，可破太原?"太宗然其言。次日，下令诸将，急攻北门。③

以上几个例子，都是在梦中获得知识技能或者得到指引的，值得

---

① 钱彩：《说岳全传》，岳麓书社2012年版，第422页。

② 无名氏：《说唐传》，岳麓书社2012年版，第145页。

③ 熊大木编撰：《杨家将演义》，金盾出版社2009年版，第60页。

注意的是，梦中提供帮助的人物，或者是神明如河东小圣，或者是代表着丰富人生经验的老者，或者就是前代的英雄人物。只有这类人物才有资格出现在英雄的梦中，帮助英雄成就非凡的事业。而正是通过这种方式，又使得英雄自身也得以与神圣相连。

四 其他预兆

除了星象征兆之外，在自然崇拜的基础上，《三国演义》中还有许多其他的自然征兆，较为主要的就是风兆和自然异象。首先是风兆。

> 却说孙坚分兵四面，围住襄阳攻打。忽一日，狂风骤起，将中军帅字旗竿吹折。韩当曰："此非吉兆，可暂班师。"①

这一情节出现在《三国演义》第七回，当时孙坚讨伐刘表，连连取胜，但忽然一天，狂风吹折了中军帅旗，作为象征着主帅的大旗被风吹折，从神话思维来考虑，的确是不祥之兆，但孙坚不听，结果死于非命。

类似的风折断旗的现象还出现在第二十四回，当时曹操起大军征讨刘备，刘备知道曹操势大，打算靠夜晚劫营取胜，但是曹操却提前得到了预兆。

> 且说曹操引军往小沛来。正行间，狂风骤至，忽听一声响亮，将一面牙旗吹折。操便令军兵且住，聚众谋士问吉凶。荀彧曰："风从何方来？吹折甚颜色旗？"操曰："风自东南方来，吹折角上牙旗，旗乃青红二色。"彧曰："不主别事，今夜刘备必来劫寨。"操点头。忽毛玠入见曰："方才东南风起，吹折青红牙旗一面。主公以为主何吉凶？"操曰："公意若何？"毛玠曰："愚意

① 罗贯中：《三国演义》，人民文学出版社1979年版，第62页。

以为今夜必主有人来劫寨。”①

在这里，同样是风吹折旗，但与孙坚不同，曹操对狂风吹折牙旗这一现象极为重视，所以当即令军士停止进军，召集众谋士讨论，最后确定这一征兆表明刘备要来劫营。从以上两处也可以体现出，人们对预兆的相信程度不同，得到的结果也会不一样，而由此就能加重人们对预兆的敬畏之心。

另外，《三国演义》中还有一种情况，那就是已经知道了预兆的意义，但却没有任何举措。这种情况出现在第四十一回。

当日玄德自与简雍、糜竺、糜芳同行。正行间，忽然一阵狂风就马前刮起，尘土冲天，平遮红日。玄德惊曰：“此何兆也?”简雍颇明阴阳，袖占一课，失惊曰：“此大凶之兆也。应在今夜。主公可速弃百姓而走。”②

当时曹操大军进占荆州，刘备败退江夏，但因为不舍得抛弃百姓，所以行军十分缓慢，简雍就眼前的风兆做出的解释是大凶之兆，建议刘备抛下百姓，赶紧撤离，但刘备却因为不忍心抛弃百姓，结果在长坂坡被曹军追上，损失惨重。在这里，刘备也和曹操一样，极为重视这一预兆的意义，但他却不顾这一重大预兆，体现了他的爱民之心。

另外，在赵云去世的时候，也曾经有过风兆。

忽一阵大风，自东北角上而起，把庭前松树吹折。众皆大惊。孔明就占一课，曰：“此风主损一大将!”诸将未信。正饮酒间，忽报镇南将军赵云长子赵统、次子赵广，来见丞相。孔明大惊，

① 罗贯中：《三国演义》，人民文学出版社1979年版，第216页。

② 同上书，第359页。

掷杯于地曰："子龙休矣！"二子入见，拜哭曰："某父昨夜三更病重而死。"①

当时诸葛亮正准备二出祁山，正在招待诸将，商议出兵的时候，忽然大风吹折了庭前松树，随后传来了赵云病故的消息。赵云在当时作为蜀汉五虎上将唯一生存者，他的年龄与在蜀汉的地位都如同庭前松树一般，而风自东北起，吹向西南，自然就象征着西南蜀国主要大将的亡故。

其次是异象。所谓"异象"，通常指的是那些反常的自然现象，在过去的人们看来，这些现象往往是上天传递给人们的一种信息，而人们之所以会这样认为，关键就在于这些现象的不同寻常。前面曾经提到过，神话思维中一个重要的特点就是以己感物的思考方式。从原始初民开始，人类就习惯于以自己熟悉的事物去推论、感知这个世界。因此，当异常的自然现象出现时，对人们来说，那必然是某种特殊事件将要发生的标志，因此，在这一神话思维运作方式的基础上，人们对这些异象加以记录、甄别，试图从中读出上天传递的信息。其中，以对灾异现象的关注最多，另外还有对祥瑞的关注。因为前者往往预示着某种社会动荡的来临或者是个人厄运的降临，而后者则是预示着太平盛世的到来或者是得天命之人的出现。

首先看一下灾异的出现。关于灾异，在先秦儒家经典中多有记录，其中以《春秋》记载最多。《左传》一书，把《春秋》中所记载的这些自然现象和社会联系起来，以神话思维的方式进行分析，通过这些灾异现象来推演人世上将要发生的事情。从灾异的形式分可以分为四类：第一，天象出现异常。《文公十四年传》：有星孛入于北斗，周内史叔服曰："不出七年，宋、齐、晋之君皆将死乱。"②《昭公七年传》：日有食之。晋侯问于士文伯曰："谁将当日食？"对曰："鲁、

① 罗贯中：《三国演义》，人民文学出版社 1979 年版，第 335 页。

② 李学勤主编：《十三经注疏》，北京大学出版社 1999 年版，第 551 页。

卫恶之，卫大鲁小。”[①]《昭公十年传》：有星出于婺女。郑裨灶言七月戊子，晋君将死。[②]《昭公三十一年传》中记载有日食。晋国史墨认为此兆预示着吴军攻入楚国都城郢。第二，气象异常。《哀公六年传》中记载当时天上有像是红色飞鸟一样的云，笼罩了太阳。周太史指出这预示着会有大难降临到楚王身上。第三，动植物表现反常。《昭公二十五年传》中记载，有鸲鹆来巢，师己认为这一现象预示着会有不好的事情发生在公侯这样的大人物身上。第四，地震现象。《僖公十四年传》：沙鹿崩，晋国卜偃曰：“期年将有大咎，几亡国。”[③] 到了西汉时代，这种观点进一步发展为一套比较完整的理论。汉代有一部分儒生提出的“灾异说”认为，灾异现象的出现都是政治失误所致，因为当政者没有重视这些现象并做出相应的弥补，所以才导致了各种各样的不幸事件。因此，灾异现象发生后，当政者应该及时警惕，一方面返躬自省，另一方面查漏拾遗，从而尽最大可能去减小政治方面的失误。[④] 这一观点的提出，对后世有着极大的影响，但凡出现大规模的灾异现象时，人们就会自觉地把它和社会或者个人的命运联系起来。

《三国演义》中对此类现象也都有记载，第一回开篇，讲述东汉末年，汉灵帝失政，宦官专权。故出现种种不祥：建宁二年四月，大风中一条大青蛇出现在御殿龙椅之上，并且伴随着雷雨和冰雹；建宁四年二月，洛阳地震，海水泛滥成灾；光和元年，雌鸡化雄；六月，有黑气十余丈飞入温德殿中；七月虹现于玉堂，五原山岸，尽皆崩裂。[⑤] 所有这些反常的自然现象，都说明当时汉王朝出现了问题。预示着一个乱世的即将来到。

《三国演义》第九回王允、吕布设计要杀董卓的时候，先是假称

---

① 李学勤主编：《十三经注疏》，北京大学出版社 1999 年版，第 1240 页。

② 同上书，第 1276 页。

③ 同上书，第 370 页。

④ 赵杏根：《西汉“灾异说”简论》，《闽江学院学报》2010 年第 6 期。

⑤ 参见罗贯中《三国演义》，人民文学出版社 1979 年版，第 2 页。

汉献帝要禅位给董卓，骗他从郿坞回长安。当董卓上车的时候，车轮忽然折断，董卓下车骑马走了不到十里，那马也咆哮嘶喊，掣断辔头。第二天路上又是狂风骤起，昏雾蔽天。这一切异常的现象都预示着董卓此行不利，结果董卓果然中计，被吕布刺杀。而在《三国演义》第十回中，董卓被杀后，董卓旧部李傕、郭汜起兵进犯长安，赶走了吕布，杀死王允，寻找到董卓的尸骨，用王者等级的礼仪埋葬。结果，天降大雷雨，天雷震碎了董卓的棺材，使董卓暴尸棺外，连续如此三次，那些被雷震碎的尸体碎块，也被火烧尽。小说中称："天之怒卓，可谓甚矣!"①这一情节在《三国志·董卓传》中也有类似的记载。由此可见，董卓平日所作所为天怒人怨，所以上天以此作为对他的惩罚。

此外，在三国演义后半部分，这类异象也有出现，如第一百零二回诸葛亮六出祁山之前，当时蜀国大臣谯周官居太史，颇明天文。他见孔明又要出师伐魏，就劝后主说："臣今职掌司天台，但有祸福，不可不奏：近有群鸟数万，自南飞来，投于汉水而死，此不祥之兆；臣又观天象，见奎星躔于太白之分，盛气在北，不利伐魏；又成都人民，皆闻柏树夜哭：有此数般灾异，丞相只宜谨守，不可妄动。"②按说诸葛亮也是深明此理，但为了收复中原，兴复汉室，以报先帝三顾茅庐之义，执意兴兵，结果病逝于五丈原。

第一百零六回辽东公孙渊要自立为王，兴兵中原，当时他的参军伦直就劝他说："圣人云：国家将亡，必有妖孽。今国中屡见怪异之事：近有犬戴巾帻，身披红衣，上屋作人行；又城南乡民造饭，饭甑之中，忽有一小儿蒸死于内；襄平北市中，地忽陷一穴，涌出一块肉，周围数尺，头面眼耳口鼻都具，独无手足，刀箭不能伤，不知何物。卜者占之曰：有形不成，有口无声；国家亡灭，故现其形。有此

① 罗贯中：《三国演义》，人民文学出版社 1979 年版，第 82 页。

② 同上书，第 881 页。

三者，皆不祥之兆也。主公宜避凶就吉，不可轻举妄动。”① 但公孙渊不但不听，反而大怒，斩了伦直，起兵造反，结果被司马懿所败，父子双双被杀。而在《三国演义》第一百零八回《丁奉雪中奋短兵 孙峻席间使密计》一回中，东吴太傅诸葛恪起兵讨伐魏国，出兵前，忽然有一道白气，拔地而起，遮断三军，对面这样近的距离都不能见物。当时诸葛恪的部下就对他说，这道白气叫作白虹，是丧兵之兆，也就是说预示着这次讨伐魏国会以失败告终，建议诸葛恪班师回朝，不能伐魏。但诸葛恪不听，强行出兵，最后伐魏失利，损失惨重，也大大动摇了自己的威信。而到诸葛恪兵败回朝之后，孙峻等人准备设计除掉他，这个时候，也出现了不少异兆。像头一天先是有挂孝之人误闯其府，正堂中梁无故折断等，半夜更是有所杀之人向他索命。而诸葛恪被杀当天，也是有不少异象，如黄犬衔住他的衣服，嘤嘤做出哭一样的声音，乘车前往宫中赴宴的时候车前一道白虹冲天而起。这一切都预示着会有某种事情发生，而诸葛恪当天果然被孙峻所杀。此外，在后来丁奉等人设计除掉权臣孙綝的时候，也出现过类似的情况。

> 是夜，狂风大作，飞沙走石，将老树连根拔起。天明风定，使者奉旨来请孙綝入宫赴会。孙綝方起床，平地如人推倒，心中不悦。②

这一切反常现象也使得孙綝的家人产生疑虑，认为这是不祥之兆，劝他不要去赴宴。但孙綝最终还是前去赴宴，结果被杀。

除去那些象征着不吉利的异兆之外，《三国演义》中也出现了不少祥瑞，所谓“祥瑞”，就是那些被人们认为是象征或者预示着吉祥美好的异兆。这些异兆或者出现在一国之君出生之初，或者出现在一

① 罗贯中：《三国演义》，人民文学出版社 1979 年版，第 919 页。

② 同上书，第 977 页。

国之君将要即位之前，如下面几例。

丕初生，有云气一片，其色青紫，圆如车盖，覆于其室，终日不散。有望气者，密谓操曰："此天子气也。令嗣贵不可言!"①

建安十二年春，甘夫人生刘禅。是夜有白鹤一只，飞来县衙屋上，高鸣四十余声，望西飞去。临分娩时，异香满室。甘夫人尝夜梦仰吞北斗，因而怀孕，故乳名阿斗。②

以上两例分别说的是曹操之子曹丕和刘备之子刘禅出生时的情况，因为这两人分别成为魏国与蜀国的皇帝，所以在他们出生之初，就有象征吉祥的异兆出现，一个是有天子气笼罩在产室上空，一个是有白鹤高叫，异香满室。这都预示着这两个孩子的不同寻常。而下文的几处祥瑞，则是魏蜀吴三国皇帝以及晋国皇帝即将登位时的预兆。

是岁八月间，报称石邑县凤凰来仪，临淄城麒麟出现，黄龙现于邺郡。于是中郎将李伏、太史丞许芝商议：种种瑞征，乃魏当代汉之兆，可安排受禅之礼，令汉帝将天下让于魏王。③

李伏奏曰："自魏王即位以来，麒麟降生，凤凰来仪，黄龙出现，嘉禾蔚生，甘露下降。此是上天示瑞，魏当代汉之象也。"④

以上两处，是曹丕代汉自立之前出现的，当时因为凤凰、麒麟、黄龙等祥瑞出现，所以众大臣都认为这是魏当代汉的预兆，因此都去劝汉献帝把天下让给曹丕。而以下两处，则是西蜀刘备、东吴孙权称帝前出现的祥瑞。

---

① 罗贯中:《三国演义》，人民文学出版社1979年版，第288页。

② 同上书，第300页。

③ 同上书，第682页。

④ 同上书，第683页。

谯周曰："近有祥风庆云之瑞；成都西北角有黄气数十丈，冲霄而起；帝星见于毕、胃、昴之分，煌煌如月。此正应汉中王当即帝位，以继汉统，更复何疑？"①

张昭奏曰："近闻武昌东山，凤凰来仪；大江之中，黄龙屡现。主公德配唐、虞，明并文、武，可即皇帝位，然后兴兵。"②

从文中可以看出，黄气、帝星、凤凰、黄龙这类的祥瑞都在刘备、孙权称帝的过程中出现过。而下面一段中，司马炎称帝时则有着更为明确的征兆。

大臣奏称："当年襄武县，天降一人，身长二丈余，脚迹长三尺二寸，白发苍髯，着黄单衣；裹黄巾，挂藜头杖，自称曰：吾乃民王也。今来报汝：天下换主，立见太平。如此在市游行三日，忽然不见。此乃殿下之瑞也。"③

从以上几例可以看出，当帝王出现之时，就会有种种祥瑞出现，以此来证明帝王的合法性，即帝王获得了上天的承认，所以上天通过祥瑞的方式向世人展示。尽管这些祥瑞不一定真实存在，有很多可能是人为制造出来以证实自己称帝的合法性的。但是，伪造祥瑞也是在人们承认祥瑞的前提下进行的。因为只有整个社会普遍承认祥瑞的确象征着上天的启示，制造祥瑞才具有意义。

以上无论是天象地物还是梦兆征兆，归根结底都首先体现为人们对另一种象征意义的思考，而这种对象征意义的思考，正是神话最主要的一个特点。在以上例子中，可以看到的是当一种自然现象出现，无论是星星掉落还是风吹折旗，当时的人们考虑的并不是气象天文的

① 罗贯中：《三国演义》，人民文学出版社1979年版，第688页。

② 同上书，第847页。

③ 同上书，第1026页。

因素，而是努力去探索这些现象背后的象征意义，去推求与现实世界所平行的另一个世界向这个世界所显现的意义。通过发掘这种意义来指导在自己所生活的这个世界中的行为或者预测将要发生的事情。由此可见，这些情节的出现，依旧是神话在历史演义小说中的曲折反应。

第二节 《三国演义》中的巫与术

如果说神灵显身和各种预兆都是神单方面对人的作为，而在这以上两种情况下人只是被动地接受、解读的话，那么祭祀与巫术，就是人对天、对神灵发出的主动行为。而从事祭祀与巫术的人，也因为能够与天、神沟通而被视为异人。本节将从祭祀、巫术、异人三个方面展开分析。

一 祭祀

祭祀，是神灵崇拜的载体和表现形式，由于原始初民时期，人们相信有神灵的存在，并且相信灵魂不死，因而确立了祭祀这种形式，后来随着人类社会的发展特别是等级体系的确立，对天上诸神的祭祀等级制度也建立起来。这样一来就导致了祭祀形式与方式的多种多样。但从根本上来说，其根源都是建立在神灵崇拜基础之上的。当时的人们相信，通过祭祀，可以使人与神灵抑或逝者相沟通，一方面，可以表现出对神灵的崇敬，以祈求其保佑、宽恕、怜悯等；另一方面，可以寄托对逝者的怀念，获得感情上的慰藉。《三国演义》中的祭祀主要有以下两处。第一次出现在曹操征讨张绣之时，当曹操行军到淯水时，想起当初大将典韦与自己的长子曹昂、侄子曹安民都在此阵亡，放声大哭，命令三军停驻，在这里大设祭筵。

> 因即下令屯住军马，大设祭筵，吊奠典韦亡魂。操亲自拈香哭拜，三军无不感叹。祭典韦毕，方祭侄曹安民及长子曹昂，并

祭阵亡军士；连那匹射死的大宛马，也都致祭。[①]

宛城征讨张绣一战中，因为曹操大意骄傲，导致张绣降而复叛，夜间突袭曹操，为了保护曹操，曹操的心腹爱将典韦死守寨门，力战而死，曹操逃跑途中，所乘坐的大宛马中箭而死，长子曹昂将自己的战马让给父亲，自己步行相随，被乱箭射死，而侄子曹安民也死在乱军之中。以上一段文字，目的在于体现曹操对典韦的爱重以及他收服人心的策略，但从一个侧面也体现出祭祀的重要性：表现对逝者的哀思与怀念。而下面一处诸葛亮七擒孟获之后在泸水的祭祀则有更加详细的记录。

前军至泸水，时值九月秋天，忽然阴云布合，狂风骤起；兵不能渡，回报孔明。……孔明甚疑，即寻土人问之。土人告说："自丞相经过之后，夜夜只闻得水边鬼哭神号。自黄昏直至天晓，哭声不绝。瘴烟之内，阴鬼无数。因此作祸，无人敢渡。"孔明曰："此乃我之罪愆也。前者马岱引蜀兵千余，皆死于水中；更兼杀死南人，尽弃此处。狂魂怨鬼，不能解释，以致如此。吾今晚当亲自往祭。"土人曰："须依旧例，杀四十九颗人头为祭，则怨鬼自散也。"孔明曰："本为人死而成怨鬼，岂可又杀生人耶？吾自有主意。"唤行厨宰杀牛马；和面为剂，塑成人头，内以牛羊等肉代之，名曰"馒头"。当夜于泸水岸上，设香案，铺祭物，列灯四十九盏，扬幡招魂；将馒头等物，陈设于地。三更时分，孔明金冠鹤氅，亲自临祭，令董厥读祭文。……读毕祭文，孔明放声大哭，极其痛切，情动三军，无不下泪。孟获等众，尽皆哭泣。只见愁云怨雾之中，隐隐有数千鬼魂，皆随风而散。于是孔明令左右将祭物尽弃于泸水之中。[②]

---

① 罗贯中：《三国演义》，人民文学出版社1979年版，第160页。

② 同上书，第782页。

上文是诸葛亮平定南方，班师回朝来到泸水时发生的情况，当时正是九月，水面上忽然阴云密集狂风大作，孔明招土人询问，得知是因为当初死于此地的双方士兵，魂魄不散，形成怨鬼，所以造成了这一种情况。在当时人们看来，这类怨鬼孤魂，因为不是自然死亡，得不到相应的祭祀，从而无处可归，阴气越积越重，破坏了阴阳平衡，所以导致了这种情况。因此必须给予相应的祭祀，才能散去怨鬼。因此，诸葛亮在泸水边设祭，从而使怨魂散去。

此外，在关公、张飞等人死后，以及刘备、曹丕、司马炎等人称帝之时，也都曾经有过祭祀的仪式。这些祭祀活动，或者是祭告天地、或者是祭祀亡灵。人们通过这一系列活动，向神灵表达自己的敬意，以此希望能够规避灾祸，得到保佑，以及寄托自己对逝者的思念。

二 巫术

巫术与祭祀类似，但祭祀的目的通常在于体现对神灵的崇拜与对逝者的怀念，尽管祭祀也希望得到神灵的回应，但通常是一种消极的祈求，从某种意义上说，祭祀是一种等候式的，单方面地发出请求之后，需要等待神灵予以回应。而巫术则具有更积极的意义，那就是试图通过种种方式来利用和战胜超自然的力量。从原始先民开始，人们就希望并相信通过某种手段，可以与鬼神天地沟通，从而操控某种力量，达到自己的目的。巫术根据目的可以大致分为积极巫术和消极巫术两种，积极巫术是通过各种法术，使自然力和自然物服从自己的意志。如求雨、祝诅、召唤等。而消极巫术也被称为“禁忌”，是人们因为敬畏神灵而产生的一种自发约束自己行为的产物，其目的在于避免不好的结果。积极巫术通常依靠法术、咒语等力求影响自然或达成某种效果，而禁忌往往通过对人们思维方式的影响来控制人们的生产生活方式。这两种巫术在《三国演义》中都有出现，而且发挥了重大的影响。

首先来看一下积极巫术。关于积极巫术，在《三国演义》中影响最大、效果最为明显的莫过于赤壁大战之前的诸葛亮借东风。正是由于诸葛亮成功借到东风，才使得火烧赤壁成功，从此形成了魏、吴、蜀鼎足三分的局面。《三国演义》中详细描述了整个借东风的过程。

> 孔明辞别出帐，与鲁肃上马，来南屏山相度地势，令军士取东南方赤土筑坛。方圆二十四丈，每一层高三尺，共是九尺。下一层插二十八宿旗：东方七面青旗，按角、亢、氐、房、心、尾、箕，布苍龙之形；北方七面皂旗，按斗、牛、女、虚、危、室、壁，作玄武之势；西方七面白旗，按奎、娄、胃、昴、毕、觜、参，踞白虎之威；南方七面红旗，按井、鬼、柳、星、张、翼、轸，成朱雀之状。第二层周围黄旗六十四面，按六十四卦，分八位而立。上一层用四人，各人戴束发冠，穿皂罗袍，凤衣博带，朱履方裾。前左立一人，手执长竿，竿尖上用鸡羽为葆。以招风信；前右立一人，手执长竿，竿上系七星号带，以表风色；后左立一人，捧宝剑；后右立一人，捧香炉。坛下二十四人，各持旌旗、宝盖、大戟、长戈、黄钺、白旄、朱幡、皂纛，环绕四面。
>
> 孔明于十一月二十日甲子吉辰，沐浴斋戒，身披道衣，跣足散发，来到坛前。分付鲁肃曰："子敬自往军中相助公瑾调兵。倘亮所祈无应，不可有怪。"鲁肃别去。孔明嘱付守坛将士："不许擅离方位。不许交头接耳。不许失口乱言。不许失惊打怪。如违令者斩！"众皆领命。孔明缓步登坛，观瞻方位已定，焚香于炉，注水于盂，仰天暗祝。下坛入帐中少歇，令军士更替吃饭。孔明一日上坛三次，下坛三次。①

以上就是诸葛亮借东风的整个过程，通过对这个过程的考察可以看出，这一巫术从原理和法则上看是一种模拟巫术，所谓"模拟巫

---

① 罗贯中：《三国演义》，人民文学出版社1979年版，第422页。

术”，是弗雷泽在《金枝》中所提到的一种巫术类型，其逻辑基础在于把相似的东西看作同一种东西。进行这一巫术的人们相信，通过对相似事物做出某种行为，就会对事物本身产生作用。[①] 借东风的过程中，诸葛亮设坛作法就是按照天地模式进行布置的，第一层按照二十八宿布置，模仿天空，第二层又设六十四卦，分为八方。这样一来，就如同建立了一个微型的宇宙，而通过在这个微型宇宙中施展法术，就能够对整个宏观宇宙产生作用。此外，《三国演义》中还提到一处使用这种模拟巫术的过程，当时魏主曹丕宠爱郭贵妃，冷落了正妻甄夫人，郭贵妃为了做皇后，诬陷说从甄夫人宫中挖出了桐木偶人，上面还写着曹丕的生辰，想要对曹丕下诅咒，曹丕大怒，将甄夫人赐死，立郭贵妃为皇后。这里的诅咒事件虽然出自诬陷，并没有发生，当然从这里也能够看出古人对此类巫术的力量是完全相信的。这种通过人偶进行诅咒和攻击，借以控制或者报复人偶所代表的人物的巫术，在世界各地都广泛存在，它也属于模拟巫术的一种。

此外，在诸葛亮六出祁山后期，曾经使用的祈禳之法，也属于这类模拟巫术。当时诸葛亮仰观天文，知道自己命在旦夕。于是听从姜维的建议，用祈禳之法，使自己增寿，当时他在帐内布下七盏大灯，外布四十九盏小灯，中间安本命灯一盏。中间的本命灯象征着诸葛亮的寿命，而周围的灯，则模拟北斗。通过这种方式，诸葛亮向北斗祈禳，试图延长自己的寿命。

在历史演义小说中，对天象的模拟，最全面地体现在《杨家将演义》中，吕洞宾下凡布置天门大阵，就是一种对天象的模拟，从文中可以看到。

> 却说吕军师取过阵图一张，分付中营骑军五千，离九龙谷一望之地，筑起七十二座将台，每台令五千军守之。另外设立五

---

① ［英］詹·乔·弗雷泽：《金枝》，徐育新、汪培基、张泽石译，大众文艺出版社1998年版，第19页。

坛，竖旗号，按青黄赤白黑之色；内开甬道七十二路，往来通透。待筑完备时，而后提调。

三通鼓罢，五国军乌，齐齐摆列。吕军师先令鲜卑国黑鞑令公马荣率所部军，列在九龙正南，摆作铁门金锁阵。分一万军，各执长枪，按为铁门，把守将台七座；又分一万军，各执铁箭，按为铁闩，把守将台七座；再分一万军，各执利剑，按为金锁，又把守将台七座。

吕军师又下令，着黑水国铁头大岁率所部军，靠九龙谷左排作青龙阵。分一万军，手执黑旗，按为龙须，把守将台七座；又军一万，分四队，各执宝剑，按为四个龙爪，把守将台七座；又军一万，各执金枪，按为龙鳞之状，把守将台七座。

吕军师又令长沙国苏何庆，以部下靠九龙谷右排作白虎阵。分一万军，各执宝剑，按为虎牙，把守将台七座；分军一万，手执短枪，按为虎爪，把守将台七座。再令耶律休哥屯军一万，守将台六座于前，按为朱雀阵。耶律奚底屯军一万，守将台六座于后，按为玄武阵，绕围左右，作犄角之势。

吕军师再遣森罗国金龙太子，以所部军端守将台中座，按作玉皇大帝坐镇通明殿。令董夫人装作梨山老母。再绕中台分军一万，各穿青黄赤白黑服色，按为四斗星君。另军二十八名，披头散发，绕中台前后，按为二十八宿。又令土金牛装为玄帝，土金秀手执黑旗，排成龟蛇之状，把守二门之北。

吕军师又令西夏国黄琼女，以所领女兵，手执宝剑，按为太阴星。萧挞懒率所部，各穿红袍，按为太阳星。仍令黄琼女赤身裸体，立于旗下，手执骷髅骨，遇敌军大哭，按为月孛星之状。耶律沙率所部巡视四方，按东西南北斗，结为长蛇之势。

吕军师又令萧后单阳公主率兵五千，各穿五色袈裟，按为迷魂阵。内杂番僧五百，为迷魂长老。密取七个怀孕妇人，倒埋旗下，遇交锋之际，摄取敌人精神。

吕军师下令耶律呐选五千健僧，手执弥陀珠，按为西天雷音寺诸佛。另以五百和尚分列左右，按为铁罗汉，总居六十二天门之首，以吞敌人威势。

吕军师排成阵势，着椿岩与韩延寿督战，每阵中以观红旗为号，指挥迎敌。果是仙家妙用，世人莫测。七十二阵，变怪奇异。昼则凄风冷雨，夜则河汉皆迷，好使人惧！①

从上文可以看到，吕洞宾布下的这座天门阵，首先按照中国天象中的二十八星宿布置，其次将天宫诸神、西天诸佛都布置其中，尽管从宗教学的眼光来看，这明显地具有民间故事中各路神仙混杂一处的痕迹，但却体现了当时人们对这种模拟巫术的信任程度。

关于消极巫术或者说禁忌，产生的原因很多，或者是因为禁忌神圣崇高而不可被侵犯，或者因为本身具有很强的神秘性而使人们产生敬畏，或者是具有危险而需要防范。总之，各种禁忌都在起到规范社会行为的作用。而在《三国演义》中也有几处禁忌出现。第一处是在刘备依附于荆州刘表时，当时刘备奉刘表之命讨伐江夏叛将张武，刘备手下大将赵云刺死张武，夺了张武的宝马，刘备后来将此马送与刘表。但刘表的部下蒯越却劝刘表不要乘坐这匹马，因为他说这匹马眼下有泪槽，额边生白点，名叫的卢马，这种马会妨害自己的主人，所以不能乘坐。这种禁忌就是出于一种对危险的防范。此外，还有几处禁忌是和名称有关，第二处是在刘备入西川的战斗中，当时庞统与刘备分兵前行，来到一处地方，庞统问此处是什么地方，士兵回答此地名为落凤坡。庞统听了大惊，说自己道号凤雏，而此地名为落凤坡，极为不利，所以命令火速退军。但此时四下伏兵齐出，万箭齐发，把庞统连人带马射死在落凤坡前。第三处是在关公水淹七军的时候，当时魏军主将于禁，将军队驻扎在罾口川，关公听了大喜，说鱼入罾口，岂能久乎，在这里，魏军主将于禁，姓氏与“鱼”相同，而“罾”则是渔网的意思。因此关公说于禁在这里扎营，大为不利。第

① 熊大木编撰：《杨家将演义》，金盾出版社2009年版，第176—178页。

四处是在姜维北伐中原的时候，有一次姜维带兵去攻打上邽，行至半路，看见山势险峻，就问向导官这是什么地方，向导官说这里叫“段谷”，姜维大惊说，段谷和断谷同音，要是有人断了谷口就危险了。正在这时，就有报告说山后有伏兵。果然邓艾三路人马杀到，大败蜀军。这种与名称的禁忌流传影响极为深远，直到今天，人们还会利用或者回避各种同音或者谐音的字来趋吉避凶。

以上四处，都是人触犯了禁忌，结果兵败将亡的例子。演义以此来证明禁忌力量的强大与不可触犯。

此外，《三国演义》中还描写了另外一类禁忌，即盟誓。所谓“盟誓”，指的是立约各方设立的具有神圣性效力的一种约定，盟誓。与诅咒具有同样的源头，在神话思维下，都是用以告知神明的一种方式。根据《周礼·诅祝》所记：诅祝的职责就是“诅祝掌盟、诅、类、造、攻、说、禬、禜之祝号。作盟诅之载辞，以叙国之信用，以质邦国之剂信”。郑玄注：“八者之辞，皆所以告神明也。”[①] 由此可见，“盟”是一种极具神圣性的行为，《礼记·曲礼下》：“约信曰誓，涖牲曰盟。”孔颖达疏：“盟之为法：先凿地为方坎，杀牛于坎上，割牛左耳，盛以珠盘，主盟诸侯执之，又取血，盛以玉敦，用血为盟，书成，乃歃血而读书。”[②]

从这段注中可以看出盟誓最重要的几个部分：杀牲、割耳、歃血。这几个程序首先来源于神话思维下形成的血液禁忌。原始人在长期的实践活动中发现人类及其他动物在失去血液的情况下就会死亡，从而意识到了血液对人生命存在的不可思议的神奇力量，进一步就对血液产生了敬畏与崇拜。在这一基础上，用血盟誓成为一种常见的做法。其实质是一种巫术，相信通过这种方式能够对违约者进行制裁。[③] 而盟誓的另一个重要部分就是宣誓，即在祭坛上用口头语言向神明陈

---

① 李学勤主编：《十三经注疏》，北京大学出版社 1999 年版，第 686—687 页。

② 同上书，第 141—142 页。

③ 谭佳：《断裂中的神圣重构：春秋的神话隐喻》，南方日报出版社 2010 年版，第 138 页。

述自己的决心，并进行自我诅咒。盟誓的内容往往是向神明做出某种诺言，表示如果不遵守诺言的话，将会受到怎样怎样的惩罚。由于宣誓的对象是神明，因此神明也就成了誓言的监督者和惩罚的执行者。由此可见，神明崇拜是誓言得以履行的根本保障。《三国演义》中的盟誓有以下几处。

第一处是全书最重要的情节之一——桃园结义。

> 次日，于桃园中，备下乌牛白马祭礼等项，三人焚香再拜而说誓曰："念刘备、关羽、张飞，虽然异姓，既结为兄弟，则同心协力，救困扶危；上报国家，下安黎庶。不求同年同月同日生，只愿同年同月同日死。皇天后土，实鉴此心，背义忘恩，天人共戮！"誓毕，拜玄德为兄，关羽次之，张飞为弟。①

在这里可以看到，尽管没有具体的杀牲、取血、割耳的过程，但通过设白马乌牛等祭礼，就可以推断出这些过程必然存在，特别是三人结拜的誓词非常完整，涵盖了向神明许下的诺言和自我诅咒。这一盟誓具有强大的约束力，一直贯穿于桃园兄弟在世的全过程。

第二处比较隆重的盟誓则是在十八路诸侯讨伐董卓的过程中，当时众人公推袁绍为盟主，设坛主盟，表达了十八路诸侯兴复汉室的决心。这个盟誓也是包括了完整的誓词和歃血的过程。

第三处盟誓比较简单，当时长沙太守孙坚得到国宝传国玉玺，私藏不交，并且发誓说如果得到这一宝物但不交出的话，当死于刀剑之下。虽然这里没有很复杂庄重的仪式，但是由于是指天为誓，而且誓言又重，因此诸侯都以为孙坚果真没有得到宝物。但是却也正是因为孙坚违背了自己的誓言，所以最后落得死于乱箭之下的结局，由此也可以看出誓言约束力的强大。

此外还有几处盟誓，都是发生在一些特定的密谋场合下，如王

---

① 罗贯中：《三国演义》，人民文学出版社1979年版，第5页。

允、吕布、李肃等人共谋诛杀董卓的时候，吕布拔刀刺破自己的手臂立誓，李肃折箭为誓。太医吉平向董承保证要除掉曹操时，咬破自己中指发誓。汉臣耿纪、韦晃等人密谋诛杀曹操时的立誓，等等。这些立誓的人虽然有的密谋成功，有的失败，但都遵守了自己当初立下的盟誓。

此外还有一次盟誓，发生在诸葛亮刚刚去世之后。当时宗预前往东吴报丧，孙权当面向宗预解释了在西蜀边境增兵的原因是为了防止魏国乘虚入侵，并且发誓说不会违背吴蜀之间的盟约。随后取金铍箭一支，一折为二，发誓说若果违背了吴蜀盟约，那么子孙绝灭。在这个过程中，尽管没有大规模的仪式，但是，以吴王的身份，亲自折箭为誓，这个行为也是极具约束性的，而且用的誓词也极为严重，“若负前盟，子孙绝灭”。当时在诸葛亮病故五丈原，蜀国如同折了顶梁柱的时刻，忽然听说东吴在边境增兵，必然会是举朝惊慌，担心东吴趁此时入侵，因此在加强边境防御的同时，派使臣宗预前往吴国打探消息，经过与孙权的沟通，得到了东吴方面的和平保证，在这里，孙权折箭为誓，取得了西蜀方面的信任。从现代眼光来分析的话，人们可能会更侧重于西蜀方面在边境上的严密戒备，因为在得知东吴增兵边境的消息之后，西蜀方面也派出了王平等将领增强了白帝城一带的防范。但是，在盟誓具有强大神圣制约性的情况下，当西蜀方接到东吴方面“折箭为誓，并不背盟”的信息后，获得的安全感会远远高于边境上几万兵力的作用，证明便是“后主大喜”。由此也可以看出盟誓的重要效力。

三 异人

所谓“异人”，指的是那些身怀异术的人，他们能够凭借自己的某种特殊能力来与天进行交流，过去的人们认为，人可以通过某种方式与神灵进行交流，从而获得神灵的保佑，或者规避神灵的惩罚，有些时候还可以驱使神灵帮助自己完成某件事情。但是，人们也认为，不是所有的人都可以与神灵进行沟通的，只有那些特殊的人才可以具备这样的能力，这些具备特殊能力的人就被人们看作异人。在原始社会时期，这类人往往以祭司或者巫师的身份出现，而后来，这类人也常常会以出家人或者隐士的身份出现。他们或者修行已久，具备了某种仙术抑或妖术，或者得到仙人指引，具备了某种特殊能力，或者本身就具有通灵的特异能力。《三国演义》中就出现了一系列异人，比较重要的有于吉和左慈，此外刘备兴兵伐吴时请教过的李意、诸葛亮七擒孟获时遇到的木鹿大王、精于卜算的管辂等，都是异人。

于吉，本来是出现在江东一带的异人，孙策的从人告诉孙策说于吉寓居东方，往来吴会之间，普施符水，救人万病，当世呼为神仙，未可轻渎，而且在干旱的时候能祈来大雨。但孙策不信他的法力，认为他是妖人，将其杀死，结果孙策后来屡次见到于吉幻影，导致自己伤口崩裂，最终死于非命。

而另一异人左慈，《后汉书》记载他的神通与《三国演义》中基本一致，他也是法力强大，曾经去点化曹操，施展了许多法术，最终将曹操惊倒在地。以上两人，都是作为身怀异术之人，但被当作妖人对待。事实上，随着社会的发展，巫这一阶层从先秦就已经开始出现了分化，那些能够与国家权力相结合的巫师，依旧享受社会的推重与尊敬，而那些游离于统治阶层之外，只在百姓中间活动的巫师，地位则不断下降。正因为如此，不同地位的人对待巫师的态度也有所不同，作为普通百姓乃至普通官员，他们依旧相信巫师的力量，对巫师的法力表现出敬畏，而实际权力的持有者，则蔑视巫师的权威，并把他们看作危害统治的异己力量。这充分体现在江东各阶层对待于吉的态度上。我们可以看到，于吉刚出场时的情况。

> 饮酒之间，忽见诸将互相耳语，纷纷下楼。策怪问何故，左右曰："有于神仙者，今从楼下过，诸将欲往拜之耳。"策起身凭栏观之，见一道人，身披鹤氅，手携藜杖，立于当道，百姓俱焚香伏道而拜。策怒曰："是何妖人？快与我擒来！"左右告曰："此人姓于，名吉，寓居东方，往来吴会，普施符水，救人万病，

> 无有不验。当世呼为神仙，未可轻渎。”策愈怒，喝令：“速速擒来！违者斩！”

> 乃出唤狱吏取于吉来问。原来狱吏皆敬信于吉，吉在狱中时，尽去其枷锁；及策唤取，方带枷锁而出。策访知大怒，痛责狱吏，仍将于吉械系下狱。张昭等数十人，连名作状，拜求孙策，乞保于神仙。

> 于是众官及百姓，共将于吉扶下柴堆，解去绳索，再拜称谢。孙策见官民俱罗拜于水中，不顾衣服，乃勃然大怒，叱曰：“晴雨乃天地之定数，妖人偶乘其便，你等何得如此惑乱！”掣宝剑令左右速斩于吉。①

以上三段通过江东各个阶层对于吉的反应，进一步显示出孙策必杀于吉的原因：孙策在楼上宴请袁绍派来的使者，此时，于吉经过引得众将不顾孙策在座，要下去拜见，这毫无疑问是对孙策权威的一个挑战。作为统治者，必然不能容忍这种现象，事实上，在原始社会时期，统治者往往是政教合一的领袖，后来随着社会的发展，政教分离，而这种分离就带来了政治统治者和宗教领袖之间的矛盾，政权与教权的冲突。当于吉下狱之后，孙策又发现，自己的命令得不到有效的行使，敬信于吉的狱吏居然不给于吉上刑具，特别是到了后来于吉求雨成功之后，官员与百姓罗拜于水中，这对孙策的政治权威提出了更大挑战，在这种情况下，政权与教权的矛盾终于激化到了不可调和的地步，从而导致孙策杀了于吉。

巫师因为具有某种强大的力量，可以给人们带来某些福祉或者不幸，因此在普通人心目中具有一定的威望，然而，正是由于他们具有这样的群众基础，在统治者看来，他们就成了巨大的威胁，除非服务

---

① 罗贯中：《三国演义》，人民文学出版社 1979 年版，第 254—256 页。

于官方权力，否则巫师们很可能会利用自己在百姓中的威望，成为社会动乱挑战统治者权威的根源。动摇东汉王朝根基的黄巾军大起义，就是由此产生的。《三国演义》中有如此的记载。

> 中平元年正月内，疫气流行，张角散施符水，为人治病，自称“大贤良师”。角有徒弟五百余人，云游四方，皆能书符念咒。次后徒众日多，角乃立三十六方，大方万余人，小方六七千，各立渠帅，称为将军；讹言：“苍天已死，黄天当立；岁在甲子，天下大吉。”令人各以白土书“甲子”二字于家中大门上。青、幽、徐、冀、荆、扬、兖、豫八州之人，家家侍奉大贤良师张角名字。
>
> 申言于众曰：“今汉运将终，大圣人出。汝等皆宜顺天从正，以乐太平。”四方百姓，裹黄巾从张角反者四五十万。贼势浩大，官军望风而靡。①

从这里可以看出，利用百姓对巫师或者巫术行为的信服，聚集起属于自己的力量而与官方挑战，始终存在于现实的政治生活中。因此，尽管于吉与左慈都有着强大的神通，但孙策与曹操却依旧将他们看作妖人，从政治家的角度来看，他们的行为是必然的，但同样的，因为左慈和丁吉不同于那些煽动天下动乱的术士，而的的确确是化外高人，所以孙策和曹操误杀他们之后，导致了自己的死亡与得病。

在刘备入川之时，刘璋派部将张任等四人前去迎战，四将在进军途中前去锦屏山拜访了一位被称为紫虚上人的异人，向他求问命运。紫虚上人写下了“左龙右凤，飞入西川。雏凤坠地，卧龙升天。一得一失，天数当然。见机而作，勿丧九泉”八句话。所谓“左龙右凤”，指的就是卧龙诸葛亮和凤雏庞统，“雏凤坠地”，指的就是后来庞统在落凤坡中伏，被乱箭射死，而诸葛亮则辅佐刘备定西川、去汉中，成

---

① 罗贯中：《三国演义》，人民文学出版社 1979 年版，第 2—3 页。

就了一番大业。而在后来刘备兴兵为关张二弟报仇的时候，曾经前往成都青城山请来一位名叫李意的隐者，向他求问凶吉，李意于是要来纸笔，画了兵马器械四十余张，画完之后便一一扯碎。又画一大人仰卧于地上，旁边一人掘土埋之，上写一大“白”字，遂稽首而去。当时刘备不悦，认为这是一个狂叟，不足为信。但却不知道四十余张兵马器械一一扯碎，象征着刘备的四十余座连营被陆逊所破，而后面那幅画，则象征着刘备病故于白帝城。

此外，在诸葛亮南征时，也曾经遇到一个能够召唤猛兽的异人，即木鹿大王。当时诸葛亮先后五擒五纵孟获，孟获请木鹿大王前来助战，木鹿大王有驱赶巨兽的特殊本领，交战之时，念起咒语，就能驱动虎豹豺狼、毒蛇猛兽。当时蜀军没有防备，在猛兽狂风的袭击下大败一阵。

除去以上这些异人之外，《三国演义》中最重要的异人就算是诸葛亮了。他不但以一个政治家、军事家的面貌出现，而且还在很多地方以一个具有异能之术的人物出现。首先，诸葛亮精通天文与占卜，因此能够预知未来。如甘露寺情节中，当时东吴请刘备过江招亲，刘备犹豫不定的时候，诸葛亮就对刘备说，自己卜《易》，得到大吉之兆，力劝刘备过江。此外，诸葛亮还善于观星，提前对西川战事做出了预言，但可惜庞统不听，结果死在落凤坡。还有魏国大将邓艾偷渡阴平时，诸葛亮早有预知，在路边刻下石碑，预言将有魏将在炎兴元年从此处经过，并预言了邓艾钟会都将因相争而死的未来。其次，诸葛亮还有通天的法术。例如，他能够借来东风，帮助周瑜成就大功。此外，在诸葛亮五出祁山的时候，还曾经使用“缩地”之术。当时诸葛亮为了收割陇上的麦子充作军粮，设下计策，备下四路人马，穿着一模一样的奇异服饰，前去司马懿阵前。司马懿派人去追，但只见阴风习习，冷雾漫漫，始终却不能追上，在这里，诸葛亮就是使用了某种“缩地”术。最后，他还能够通过祈禳之法给自己增加寿命，虽然施法中被魏延打断没有成功，但依然可以看出他的能力。

关于异人或者说巫师的存在，在很大程度上反映了社会生活中神话思维的存在，列维－斯特劳斯在他的《结构人类学》中指出：“在巫术的效应中也包含着对巫术的相信。这种相信包含着三个方面，它们相辅相成；首先是巫师对于自己法术效果的笃信，其次是病人或受害者对于巫师法力的信任，最后还有公众对巫术的相信与需要——这种相信和需要随时形成一种引力场。”① 由此可见，异人或者说巫师的存在，在很大程度上依赖于其所处的社会群体相信他们的能力，换言之，就是用神话思维的方式来思考社会与自然界的种种现象与彼此之间的联系。因此，历史演义小说中大量异人以及巫术发挥作用的描写，本身就有赖于全社会成员的神话思维。

第三节 《三国演义》中的预言性童谣

《三国演义》中的文檄等都是明确的，但作为预言性的童谣，往往都是模糊而不明确的，这体现出了原始文化中一个重要的信息，那就是超自然力量的神秘性，而正是因为这种神秘性，才使这些预言和童谣得到人们的重视。

关于这类预言性的童谣，在《三国演义》中出现过多次。第一次出现在十常侍之乱中，当时大将军何进谋杀宦官不成反遭其害，宫中一时大乱，汉少帝与其弟陈留王出宫避难，在此次变乱之前，就有洛阳小儿传唱童谣说：“帝非帝，王非王，千乘万骑走北邙。”当时皇帝与王子逃难在外，晚上无处栖身，在草垛中过夜，的确是“帝非帝，王非王”，由此可见童谣的预见性。另外，在十八路诸侯讨伐董卓，刘关张三兄弟大败吕布于虎牢关之后，董卓的主要谋士李儒也以童谣为理由，劝说董卓迁都长安。

儒曰：“温侯新败，兵无战心。不若引兵回洛阳，迁帝于长

① ［法］克劳德·列维－斯特劳斯：《结构人类学》，陆晓禾、黄锡光译，文化艺术出版社1989年版，第2页。

> 安，以应童谣。近日街市童谣曰：西头一个汉，东头一个汉。鹿走入长安，方可无斯难。臣思此言‘西头一个汉’，乃应高祖旺于西都长安，传一十二帝；‘东头一个汉’，乃应光武旺于东都洛阳，今亦传一十二帝。天运合回。丞相迁回长安，方可无虞。”①

在这里我们可以看到，李儒对童谣做出了比较令人信服的分析，所谓“西头一个汉，东头一个汉”确实可以看作西汉与东汉，而且西汉东汉各自传了十二位皇帝，因此，他认为所谓的“鹿走入长安，方可无斯难”指的就是董卓迁回长安，可以保证平安。但是，因为童谣的内容具有极大的模糊性，人们只能凭借自己的经验来与之结合分析，并不能保证解释的准确性，在这里，的确是有“鹿走入长安，方可无斯难”的说法，但是，这个“鹿”是否就准确地指董卓，这是无法判断的，只能通过后来的事实证明，而董卓的下场也说明，他不是童谣中的“鹿”。

此外，在王允与吕布定计要诛杀董卓，吕布去请董卓入朝的时候，也有预示性的童谣出现。

> 是夜有十数小儿于郊外作歌，风吹歌声入帐。歌曰：“千里草，何青青！十日卜，不得生！”歌声悲切。卓问李肃曰：“童谣主何吉凶?”肃曰：“亦只是言刘氏灭、董氏兴之意。”②

这里的童谣就比较明确，“千里草”合一个董字，“十日上”合一个卓字，预示着董卓被杀的命运，而董卓向李肃求问的时候，李肃却故意欺瞒他说这是刘氏衰灭董氏兴旺的意思，结果董卓不做防备，中计被杀。

在刘备攻取西川的时候，也曾经有这类预言性的童谣出现。

---

① 罗贯中：《三国演义》，人民文学出版社 1979 年版，第 49—50 页。

② 同上书，第 76 页。

先是东南有童谣云："一凤并一龙，相将到蜀中。才到半路里，凤死落坡东。风送雨，雨随风，隆汉兴时蜀道通，蜀道通时只有龙。"①

璋问之，周曰："某夜观乾象，见群星聚于蜀郡；其大星光如皓月，乃帝王之象也。况一载之前，小儿谣云：若要吃新饭，须待先主来。此乃预兆。不可逆天道。"②

第一则童谣预言了庞统阵亡在落凤坡，诸葛亮、庞统二人，被称为卧龙、凤雏，两人作为刘备的主要谋士，谋划了攻占西川的大计，后来庞统在落凤坡被乱箭射死，只剩诸葛亮一个出谋划策夺取了西川。而第二则童谣则是出现于刘备攻下成都的一年之前，所谓"若要吃新饭，须待先主来"表示了西川人民需要先主到来，才能过上新的生活，而先主，则是后世对刘备的称谓。

这些童谣或者预言的一个共同特点就是内容具有极大的含混性，因而可以从多种角度进行解释，也就具有了很强的概括能力，从而在事后被人们解释为预言。这种预言的广泛传播和被人信服，正是神话思维在发挥作用，前面提到过，神话思维具有类比性和神秘性等特征，因此，具备神话思维的人们，往往会把这些今天看来非理性的话语与发生过的事情进行比照，从而认为是一种启示；反过来，人们又会从当前的童谣中去寻求意义，力图解释出其中包含的未来。非但如此，人们还会利用大众对童谣谶语这类话语的信任，人为制造一些这样的话语，上面《三国演义》中的一些童谣有的也未曾见于史书记载，可能为后人所假托。此外，司马迁《史记》中也有明确记载：陈胜吴广起义之前，也曾在庙中假作狐鸣，大呼"大楚兴，陈胜王"。元朝末年，刘福通韩山童起义之前，也作歌谣"莫道石人一只眼，挑动黄河天下反"，诸如此类的现象和前面提到的童谣一样，都是利用

---

① 罗贯中：《三国演义》，人民文学出版社 1979 年版，第 544 页。

② 同上书，第 565 页。

了整个社会的神话思维，使之发生作用。

根据第二章中布留尔、泰勒等人提出的有关神话思维的特点可以看出，与现今社会不同，原始时代的人生活在一个与神同在的空间里，互渗律的观点反映出那个时代神人混融的生存方式，在当时的人看来，人可以通过进入神圣空间与神相会，神也会降临人世与人相逢。这一互渗的神话思维方式在历史演义小说的世界中依旧存在，《三国演义》中的人物也生存在一个与神共存的空间中。他们可以在某种特定的时间、空间或因某种契机与神相遇，接受保佑或惩罚。而且，人的灵魂也经由某种途径可以成神。此外，在这个神人混融的世界里，人们随时可以接收到神传来的信息。因此，糜竺可以遇见火德星君，曹操会触犯梨树神，通过观星可以得知国运兴衰与重要人物的死亡，风吹旗倒就能预见到敌人要来劫营。而人们把神圣与世俗相联系，则是通过类比的思维方式来完成的。通过类比的方式，天象的运行就能象征着地上的人事变迁，灾异象征着天下将乱，而祥瑞就能预示着明君降临。总之，正是通过类比的思维方式，古人把尘世与神圣相连，形成了一个人神混融的世界，在这里，人们可以体验神圣，与神圣相逢。而正是在此基础上，又产生了仪式，形成了禁忌，遵守着盟誓。

总之，本章中所提到的神灵显圣、各种征兆以及祭祀、巫术、异人等神话观念，虽然看似零散，但其背后都有着共同的神话思维方式在起作用，正如神话学家阿姆斯特朗指出的那样，“这种与神的联络感，是神话世界观的基石，神话的意义也就在于让人们更充分地意识到精神维度的存在……最早期的神话告诉人们如何洞悉眼前的有形世界，去发现另一种似乎饱含着某种彼岸性的真实世界”①。也就是说，神话指导着人们透过现实世界去思考现实世界背后的意义，由此使人们的日常生活与神圣相连。而这些人们通过日常现象体验神圣的事件

① ［美］凯伦·阿姆斯特朗：《神话简史》，胡亚豳译，重庆出版社 2005 年版，第 18 页。

或者说神圣体验在历史演义小说中的出现，一方面增强了小说的神秘性，另一方面又经由小说传播，在人们的心目中得到强化，使读者也可以获得类似的神圣体验，从而对人们的思维与认知方式以及生产生活方式都产生着不可忽视的影响。

第四章

《三国演义》中的神话结构（上）

从神话到历史演义小说之间，有着漫长的过程，在这个过程中，历史演义小说对神话的继承，往往会产生各种各样的变形。然而，无论经历怎样的改变，这种变化也都是形式上的，当故事的表面被揭开，深入分析内在的主题、人物、象征意义乃至单元结构的时候，就会发现，几千年来，人们讲述的，依旧是同一个故事，尽管历史演义小说是以历史史实为蓝本而创作的，但在这个创作的过程中，依然会不自觉地向神话靠拢，从而把历史变成了神话。下面，笔者将结合其他历史演义小说，对《三国演义》进行分析，从而探索历史演义小说中深藏的神话母题与原型。原型批评是当前学术界的一种重要文艺批评方式，特别适用于跨越文学与神话学的研究，因此，本章与下一章节主要使用原型批评的方式来分析《三国演义》文本中隐含的神话结构原型与神话母题。在本章中，将首先介绍原型批评的理论渊源，其次结合神话学者坎贝尔等人提出的单一神话中存在的英雄冒险结构对《三国演义》进行整体与局部的分析，阐明神话中反映人类潜意识的英雄冒险结构也同样出现于历史演义小说之中。而下一章则是分析在《三国演义》中变形之后的神话母题，这一部分中将通过希腊神话与《三国演义》相关故事的比较来进行分析。之所以在此选用古希腊神话，是因为古希腊神话是世界神话体系中保存的最为完整的神话系统，此外，通过这种中西方的对比分析，更能体现出神话的普遍价值与本书的普适性。

第一节 原型批评

神话—原型批评，是神话学的一种重要研究方法，这一方法的出现，极大扩展了神话的覆盖面，对于神话学研究有着重要的意义，本节从神话—原型批评的理论渊源入手，分析介绍这一方法。

一 原型批评的理论渊源

原型批评的产生，是在随着学术的发展，不同学科相互影响、渗透的大趋势下产生的。它的产生和发展，可以说与以下几个学科紧密联系。这几个学科分别是以弗雷泽为代表的文化人类学、以荣格为代表的分析心理学、以卡西尔（Cassirer）为代表的象征哲学，下面对以上几个学科进行简要的介绍。

文化人类学是人类学的四大分支之一，它兴起于19世纪末，跨越了民族、国界之间的界限，研究的是在全球视野下整个人类文明的变迁过程。比较不同文化族群之间的文化差异，寻求其共同点与共通处，以寻求文化的共同规律以及某一文化的独特模式。1890年，英国人类学家弗雷泽的经典之作《金枝》两卷本问世，后扩充为12卷本。这部著作对20世纪的文学与文学批评产生了深远的影响。“金枝”缘起于一个古老的地方习俗：一座神庙的祭司被称为“森林之王”，却又能由逃奴担任，然而其他任何一个逃奴只要能够折取他日夜守护的一棵树上的一节树枝，就有资格与他决斗，如果能杀死他则可取而代之。① 为了说明这一古老习俗的成因，作者通过他的著作，带着读者游遍世界各地，寻访不同民族的相似之处。在整整12卷的著作中，作者通过对大量各民族原始资料的探求，对巫术的由来进行了详尽的说明。该书收集了几乎遍及全球的材料，对以巫术为中心的仪式、神

① ［英］詹·乔·弗雷泽：《金枝》，徐育新、汪培基、张泽石译，大众文艺出版社1998年版，第2页。

话和民间习俗进行了比较研究，从而确立了交感巫术原理，为后来人理解早期诸多文化现象提供了一条途径。

弗雷泽在《金枝》中指出，交感巫术有两种基本形式，前者以“相似律”为基础，称为“模仿巫术”，后者以“触染律”为基础，称为“染触巫术”。“如果我们分析巫术赖以建立的思想原则，便会发现它们可以归结为两个方面：第一是‘同类相生’或果必同因；第二是‘物体一经互相接触，在中断实体接触后还会继续远距离的互相作用’。前者可称为‘相似律’，后者可称为‘接触律’或‘触染律’……基于相似律的法术叫作‘顺势巫术’或‘模拟巫术’。基于接触律或触染律的法术叫作接触巫术。”① 原始人相信可以通过这类巫术达到干预自然环境的目的，通过对这一原理的了解，很多神秘的仪式与奇特的神话得以被人们所理解。弗雷泽从仪式出发，依照仪式所包含的巫术意义，揭示出大批神话的本质与来源。《金枝》出版之后，产生了巨大的影响，从神话和仪式的角度对文学进行研究的风气一时蔚为大观。形成了所谓的“剑桥学派”。从对文学批评的影响来看，《金枝》为神话—原型批评开辟出了第一块天地。

分析心理学，是荣格在20世纪初期创立的。荣格是精神分析学创始人弗洛伊德的学生，但与其老师存在学术发展方向的分歧。他认为世界上存有一种中性的能量，这种能量总是可以通过变形的方式，以象征形式表现出来，从而构成神话、传说、童话的永恒母题，成为艺术家进行创作的根本动力。② 不同于老师的理论，荣格提出了集体无意识的学说，认为在无意识心理中不仅有着个人的经验，更保留着大量从原始时代流传下来的祖先的经验，这些经验不仅是个人的，更是集体的，是一种超个人的集体心理。它是与生俱来而非后天习得

---

① ［英］詹·乔·弗雷泽：《金枝》，徐育新、汪培基、张泽石译，大众文艺出版社1998年版，第71页。

② 叶舒宪编：《神话—原型批评》，陕西师范大学出版总社有限公司2011年版，第4页。

的，其内容和行为模式在所有地方与所有个体身上大体相同。[①] 他在1922年的演讲《论分析心理学与诗的关系》中指出，应该在超个人的集体心理中去探索艺术创作与艺术欣赏的主体根源。从中发现艺术的魅力。他认为“原始意象或者原型是一种形象……它在历史进程中不断重现，凡是创造性幻想以自由表现的地方，就有他们的踪影，因而，它们基本上是一种神话的形象”[②]，“每一个意象中都凝聚着一些人类心理和人类命运的因素，渗透着我们祖先历史中大致按照同样的方式无数次重复产生的欢乐与悲伤的残留物”[③]。因此，作家一旦表现了原始意象，就好像表达出了许许多多人的共同声音，在他们心中激起了共鸣。这一理论，对文学批评家产生了重大的影响。尽管荣格本人侧重于心理学的研究而非职业的文学批评家，但他的理论对文学批评却影响巨大。特别是他阐发的“原型”概念，成为现代文艺学的重要术语以及原型批评中一个核心观念。

象征形式哲学的奠基人是德国哲学家卡西尔，他在20世纪20年代完成的巨著，三卷本的《象征形式哲学》，几乎对后来所有代表性的原型批评家都产生了直接或间接的影响。从后来的学者如弗莱等人的著作中，都能看到卡西尔神话观的影子。在卡西尔看来，哲学是一种活生生的、具体的东西，是与整个文化过程融为一体的，他认为，人是象征（符号）动物。在这种视野下，他在《象征形式哲学》第二卷《神话思维》中提出，神话不是谎言或者幻想，而是人类在达到理论思维之前的一种认识世界、解释世界的思维方式。[④] 因此，原始人对世界的看法是一种神话的观照。这种神话世界观有其自身的特点

---

① ［瑞士］荣格：《原型与集体无意识》，徐德林译，国际文化出版公司2011年版，第5页。

② 叶舒宪编：《神话—原型批评》，陕西师范大学出版总社有限公司2011年版，第96页。

③ 同上。

④ ［德］恩斯特·卡西尔：《神话思维》，黄龙保、周振选译，中国社会科学出版社1992年版，第4页。

与规律。比如在神话世界观中，知晓了某一个神的名字，就可能支配该神。在这种神话思维下，人们往往把语言名称与语言的所指之物等同起来，它不是对事物进行内在的逻辑分析，而是从事物单纯的共在关系中直接发现其中的因果联系，如用北风来表示冬天，等等。这种符号与对象之间的关系契合了后世诗歌的隐喻本质。

二 “神话”与“原型”概念的由来及发展

一般而言，比起“原型”一词，“神话”这个词更加常见，但是它的古今含义存在着很大的差别。随着古希腊时代哲学与科学的兴起，神话思维的时代结束。在亚里士多德（Aristotélēs）的《诗学》中，神话（mythos）的意义是故事、叙述或者情节。到了中世纪，基督教建立起了对西方世界的统治，在基督教会的排斥下，神话更是成了虚假、谎言、异端的代名词。到 17、18 世纪人类文明进入启蒙时代以后，启蒙思想家们高举理性的大旗反对当时的蒙昧主义，而“神话”这一术语也继续被作为贬义来理解。从科学与历史上看来，神话是虚构的，不真实的。但从维柯的《新科学》开始，这一观念开始发生变化。从 19 世纪上半期开始，在德国的海德堡浪漫派、英国的浪漫主义诗人柯勒律治（Coleridge）以及美国当时的自然主义作家爱默生（Emerson）和德国心理学家尼采的努力下，“神话”这一术语开始产生了新的观念并且逐渐取得了正统的地位，即“‘神话’像诗一样，是一种真理，或者是一种相当于真理的东西，当然，这种真理并不与历史的真理或科学的真理相抗衡，而是对它们的补充”①。在尼采等人看来，作为一种思维方式，比起逻辑理念哲学，神话或者诗更能趋近真理。在上述背景下，弗雷泽认为，巫术仪式对神话的产生有着至关重要的作用，神话往往通过仪式把所要表达讲述的事件用行动表演出来，但是随着历史的变迁，大多的仪式演出消亡了，只留下没有表现

---

① ［美］勒内·韦勒克、奥斯汀·沃伦：《文学理论》，刘象愚译，江苏教育出版社 2008 年版，第 206 页。

形式的神话故事，从这种神话仪式的关系可以看出，神话是文化的有机成分，它以象征的叙述故事的形式来表达一个民族或者一种文化的价值观念。[①] 荣格则通过心理学的角度来阐释“神话”的原型含义，他认为，由于人们忽视了心理活动的作用，因此在解释神话的过程中就很难回答下面这样的问题：为什么不同时空里彼此隔绝的文化，却能够独立产生许多类似的神话故事、文学形象、主题类型呢？荣格在这里指出，无意识的心理活动中其实就包含了产生神话的全部意向。因为原始人用比拟类推的方式来认识和解释自然，这个过程是无意识的。因此，原始的智力并不是发明了神话，而是体验了神话。[②] 这样一来，经由种种角度的阐释，“神话”的概念到了文学批评家手里，就变成了一个含义丰富的、具备多种意指可能性的术语。弗莱在他的《批评的解剖》一书中把神话看作一种叙述，其起点和终点的某些形象是超人的存在，他们的所作所为只能发生在故事中，因而，神话是一种与真实性或现实主义不完全相符的传统化或程式化的叙述。这样一来，神话就彻底摆脱了原始的语义局限，成为一个纵贯文学史发展全过程的基本术语，用来概括文学中反复出现的一种叙述结构原则。[③] 从这个角度来看，不仅盘古开天地、普罗米修斯盗火属于神话。就连《哈姆雷特》《红楼梦》也可以归入神话范畴。这一概念给文学批评家提供了极大的空间，在这种神话整体观的指引下，批评家不再被局限在关注文学中神话故事的重现之中，而是可以放眼在整个文学领域中寻找作品内在的特定文学表现模式及其规律。

用“原型”一词来称事物的本源最早是由柏拉图开始使用的，经过两千多年，这个词被荣格赋予新义，成为神话批评的重要概念。荣

---

① 叶舒宪编：《神话—原型批评》，陕西师范大学出版总社有限公司 2011 年版，第 8 页。

② ［瑞士］荣格：《原型与集体无意识》，徐德林译，国际文化出版公司 2011 年版，第 122—123 页。

③ 叶舒宪编：《神话—原型批评》，陕西师范大学出版总社有限公司 2011 年版，第 9 页。

格在自己的著作中指出，原型是一种经由成为意识以及被感知而被改变的无意识内容，从显形于其间的个人意识中获取其特质，因此，从其与神话、秘传教学与童话的关系来看，“原型”一词的字面意义是非常清楚的。[①]

1936年，荣格在《集体无意识的概念》这场学术报告中指出：“与集体无意识的思想不可分割的原型概念指的是心理中明确的形式的存在，它们总是到处寻求表现。神话学研究称为‘母题’；在原始人心理学中，原型与列维·布留尔所说的‘集体表象’概念相符。”[②]此外，他还指出，原型作为人类“本能自身的无意识形象”必然会自发出现在个人的心理中。特别是可能借助于梦、幻觉、妄想等想象表现出来。[③]荣格对“原型”的概念的阐释，更多的是出于心理根源和象征表现方面的思考。而文学批评家们，则更侧重对原型的符号性、历史性、社会性来加以说明。弗莱在《批评的解剖》中把原型看作一种“典型的或反复出现的形象”，他还认为，原型与符号不同，它们是复杂可变的。这些原型在不同的文化环境中以不同的面貌出现，但背后隐藏着的都是统一稳定的结构。[④]

总的来说，文学批评中的原型可以概括为以下概念：原型是文学中的独立单位，它可以是人物、主题、意象或者是结构单位。它们在不同作品中反复出现，体现着一种传统的力量。不同的文学作品通过原型得以联系起来。原型起源于社会心理与历史文化，是文学与生活相互作用的媒介。

---

① ［瑞士］荣格：《原型与集体无意识》，徐德林译，国际文化出版公司2011年版，第7页。

② 叶舒宪编：《神话—原型批评》，陕西师范大学出版总社有限公司2011年版，第100页。

③ 同上书，第10页。

④ ［加］诺斯罗普·弗莱：《批评的解剖》，陈慧、袁宪军、吴伟仁译，百花文艺出版社2006年版，第146—147页。

三 神话学意义下原型中的母题与结构

本章将围绕着原型理论对《三国演义》及相关的历史演义小说进行分析，揭示历史演义小说背后深层的神话原型。在这其中，主要使用到的是“神话母题”与“单一神话结构”两个概念。所谓“母题”，它源于英文“motif”，其词根“moti”具有运动、能动的意思，“motif”主要有三个意义，在神话学以及民间文学的视野下，主要取其第一个意义，即指某种事物，尤其是艺术作品的基础和主要组成部分，常常给予某种特定的意义。[①] 从这一性质看，母题存在于一切文化传统之中，因为文化传统是“围绕人类的不同活动领域而形成的代代相传的行事方式，是一种对社会行为具有规范作用和道德感召力的文化力量，同时也是人类在历史长河中的创造性想象的积淀”[②]。换言之，母题就是承载着某个所属文化的某一部分，经由文学、艺术作品传承至今的文化因子，它往往会以不同的形式展现出来，但其本质的文化内核却保持不变，从而把传统文化一代代保存下来。在这其中，神话母题是诸多母题中最古老、最本源的，世界各个民族的文化源头即由神话母题而来。陈建宪在他的《神话解读》中指出：“神话母题是构成神话作品的基本元素。这些元素能在文化传统中独立存在，不断复制；它们的数量是有限的，但通过不同的排列组合，可以构成无数的作品，并能组合入各种文学体裁及其他文化形式之中；它们表现了一个人类共同体（氏族、民族、国家乃至全人类）的集体意识，其中一些母题由于悠久的历史性和高度的典型性而常常成为该群体的文化标识。”[③] 由此可见，神话中所包含的文化因素，之所以能传到今天，而不被巨大的时间与空间差异所阻隔，很大程度上就是由于神话母题以不同形式在文学作品中的反复出现。尽管神话母题数量不多，

---

① 陈建宪：《神话解读》，湖北教育出版社 1997 年版，第 19 页。

② ［美］E. 希尔斯：《论传统》，傅铿译，上海文艺出版社 1991 年版，第 2 页。

③ 陈建宪：《神话解读》，湖北教育出版社 1997 年版，第 23 页。

但那些至关重要的，不论是原始初民还是后来的人们都能够切身感受到其重要性的母题，会在一个民族的发展过程中被反复讲述。从而把文化传统延续下来。每个民族的神话，都包含了该民族与各民族相似的原始时期的普遍心理特征与文化特性，同时也包含着这一民族在形成过程中由于自然环境、发展经历等诸多因素而形成的自己民族的文化特色，而这种文化特色，随着历史的发展，就逐渐形成了一个民族的传统与民族特性。而这种独特的民族传统与民族特性，正是依靠着母题的反复出现，得以继承保存下来。如“泥土造人”的母题不仅仅在中国各族神话中出现，在古代埃及、希腊、罗马、巴比伦、新西兰、北美印第安人神话中也存在着。[①] 而“世界末日”的母题，也以洪水神话的方式在苏美尔、希伯来、希腊、印度文化中反复出现。[②] 这些神话母题，如同遗传基因一般，并没有随着神话的消失而消失，而是以种种方式存在于各类文学作品之中，世代传承下去，成为这个民族的鲜明文化特色之一。在各个国家中，都有大量此类的神话母题出现于不同时期的文学作品之中，中国的历史演义小说中也有大量的变形后的神话母题存在。神话母题通过这种变形的方式得以在各个时代与地区之间流传，从而把各民族文化的基因传承下来。从某种意义上讲，神话正是通过母题，把信息传给后人；同样地，后人在文学创作过程中对母题无意识的运用，一方面把文化传承下去，另一方面也增加了文学作品的普世价值。

自从人类有了意识，神和英雄一直是生活实践中最有影响和意义的现象之一。[③] 因此，在对神话的原型结构进行探讨时，值得注意的一个现象就是神话中文化英雄的出现。这类神话的主要特点就是故事的主人公是带有神性的人，而不再是纯粹的神。他们代表着人的力量，与自然或者代表自然的力量做斗争。世界各民族的神话中都有自

---

① 陈建宪：《神祇与英雄：中国古代神话的母题》，三联书店 1994 年版，第 49 页。

② 同上书，第 89 页。

③ 胡志毅：《神话与仪式：戏剧的原型阐释》，学林出版社 2001 年版，第 134 页。

己的文化英雄，他们凭借自己无畏的勇气、非凡的智慧、坚强的毅力、超人的天赋、为本部族或者整个社会都做出了巨大的贡献。他们代表的是原始初民作为一个整体面对严酷的大自然而展现出的力量，体现了人类原始社会的文化成果。而到了历史叙事文学作品中，由于主人公同样是具有超出常人力量的英雄，所以可以看到，文化英雄的神话对历史叙事文学作品的影响尤为巨大。文化英雄神话的出现是神话发展到某个阶段之后产生的。真正的文化英雄是以神话语言为传播媒介的，英雄的生平恰如神话学者约瑟夫·坎贝尔所说的是“一首颂扬心灵的充满冒险精神的绝妙颂歌”。英雄在他的一生中，要通过一系列冒险活动来检验自己的勇气，而这冒险本身又有助于形成他的个性。这些活动可以是国民的、宗教的，也可以是文化的或意识形态的。但从最深刻的层次上说，它们全是心理的。① 当神话中的英雄踏上属于自己的冒险之路时，无论这条道路是以怎样的方式呈现出来，事实上他们都是在自觉不自觉地探索着生命的意义。在这个过程中，他们突破了周围环境，或者确切地说，是他们自身所属文化设置的各种障碍，从而达到某种境界，而这样一来，他们就不再仅仅是一个地方一个民族的英雄，而是能够给全人类以启示并得到整个人类所信奉的文化英雄。从心理上说，他们的故事是同一个故事，英雄们在探索中所遇到的一切，其实就是人类在情感与精神成长过程中所遇到的一切的象征性体现。这样一来，关于这类英雄的神话，可以把它看作母题与原型的结合。一方面，英雄神话中包含了大量的母题，很多具体的情节单元本身就是母题；另一方面，英雄神话的内在结构又是一种原型。而这些神话中的母题和结构，在历史演义小说中也反复出现。

神话学家坎贝尔对这些文化英雄的神话进行了详细分析，最终提出了单一神话结构的观点。他指出，世界各地的英雄都是一个人，都遵循着一个相同的模式，即“分离—传授奥秘—归来”，他认为这是

① ［美］戴维·利明，埃德温·贝尔德：《神话学》，李培茱、何其敏、金泽译，上海人民出版社 1990 年版，第 107 页。

单一神话的核心单元。他进一步解释说，英雄从日常生活的世界出发，冒种种危险，进入一个超自然的神奇领域；在那神奇的领域中，和各种难以置信的有威力的超自然体相遭遇，并取得决定性的胜利；于是英雄完成那神秘的冒险，带着能够为他的同类造福的力量归来。[①] 这种英雄冒险的产生有其广泛而深刻的心理依据。弗洛伊德、荣格等一大批学者研究发现，童话和神话的模式与逻辑和梦的神话与逻辑是相一致的。在这种情况下，可以发现，神话和梦的形象都来自同一来源，也就是无意识。但与梦不同，神话是受到有意识地控制的。人们通过有意识地使用、控制这些神话，把埋藏于内心深处的无意识与外部的实践活动联结起来，从而使内心的潜意识投射到外部世界之中，并以此来理解客观世界，摒除内心迷茫。通过这种由内到外的神话式置换，我们所看到的英雄冒险的神话，实际上也就成了普通人命运的象征。

以上简要地介绍了原型、母题以及英雄神话的内在结构。在以下各部分中，笔者将结合《三国演义》来具体地分析这些母题与原型结构是怎样在历史演义中出现并以变形的方式存在，同时通过对历史演义小说中那些主要英雄生命历程的分析，揭示出事实上小说中塑造的所有的英雄都经历了同样的生命道路。

第二节 千面英雄

神话学家坎贝尔以及《神话学》的作者戴维·利明与埃德温·贝尔德都曾指出过，所有的英雄神话都具有内在的一致性，所有的英雄都是一个人。坎贝尔把这种象征普通人命运的英雄冒险历程分为三个部分十七个阶段来进行描述。

第一部分是他称为分离或出发的阶段，这个阶段中有五个过程，

---

① ［美］约瑟夫·坎贝尔：《千面英雄》，张承谟译，上海文艺出版社2000年版，第24页。

第一，“冒险的召唤”指的是有关英雄使命的征兆；第二，“拒绝召唤”是指英雄拒绝召唤而从神的身边逃离；第三，“超自然的助力”是指冒险的英雄得到了意外的帮助；第四，“跨越第一个阈限”是指英雄通过某种考验或者仪式初步进入了一个与以往不同的领域；第五，“鲸的腹腔”是指英雄进入了黑暗的领域。

第二部分是指被传授奥秘的过程中所经受的考验和取得的胜利。这个阶段又分为六个过程，第一是接受考验的时刻，它体现了众神作为危险的一面而存在；第二是与女神相会，则是体现了一次重生的过程；第三是遇到作为诱惑者的女性；第四则是与天父和解；第五是凡人成神，即英雄获得了成功；第六是最终的恩赐，则说明英雄已经获得了整个神明世界的接纳。当英雄最终在这个世界获得力量之后，就需要回到他原来的世界之中去，把神灵的力量注入社会。只有这样，英雄历险的真正价值才能得到实现，从而实现小我与大我的统一。

第三部分是指英雄回到日常生活中的过程，分别有两种情况，第一种是英雄拒绝回到原来的世界中，第二种是英雄回到原来的世界的过程。当英雄回到原来的世界时，往往会遇到阻碍，这时候，就需要借助于魔法逃跑，并且很可能会得到外部的援助。最终，英雄跨越了归来的阈限，回到从前生活的世界。从此以后，他穿越于两个世界，并享受着生活的自由。这个过程虽然复杂，但它涵盖了所有英雄冒险神话的主要构架。① 而在神话学家戴维·利明和埃德温·贝尔德所编著的《神话学》中，则把这一复杂的历程简化为八个部分：发生、成年、隐修、探索（或修炼）、死亡、降入地府、再生、神化（与未知世界重新合一）。② 事实上，无论是八个部分还是十七个阶段，都只是一种划分的方式，而其中英雄要经历的过程却始终是基本一致的。当然，由于神话不一定把英雄的一生描写完整，有时候只是突出英雄的

① ［美］约瑟夫·坎贝尔：《千面英雄》，张承谟译，上海文艺出版社2000年版，第28—29页。

② ［美］戴维·利明、埃德温·贝尔德：《神话学》，李培茱、何其敏、金泽译，上海人民出版社1990年版，第108页。

某一段经历，有时候则是把一些独立的阶段串联在一起组成故事，但依然可以从中找出相对应的部分。而在中国的历史演义小说中，也经常可以看到这样类似的结构。首先来看英雄的出生，大多数英雄出生之时都是与常人不同的。他们或者有着特殊的前世，如《说岳全传》中的岳飞，小说中说，他本来是如来佛祖座前的金翅大鹏鸟，因为在如来面前杀生，而被贬下凡的。或者出生之时伴有灵异现象，如孙策、孙权，根据他们的母亲吴太夫人所言，生孙策时，曾经梦见月亮入怀，而生孙权的时候，则梦见太阳入怀，还引用卜者的话说是梦见日月入怀的人，她的孩子一定会非同常人。再就是值得人们注意的一类特色现象，即很多英雄在出生时都是父母双亡或者失父。如上面提到的岳飞，他刚刚出生不久，家里即遭了洪水，父亲被淹死，母亲带他漂流逃生，而《隋唐英雄传》中的秦琼、程咬金也是父亲一早亡故，全靠母亲将其抚养成人。这种现象也可以从神话学理论中得到解释，在神话学家看来，神话中的英雄在婴儿时期被弃于自然，这证实他的血缘和本质是属于宇宙的，这就使得英雄不属于某个人，他是属于整个世界的①，从而就突破了家庭的束缚。而历史演义小说中这种英雄自幼父母双亡的情况事实上可以看作神话中婴孩被弃于自然的一种变形。特别值得重视的是自幼丧父的情况，在中国很长的历史时期内，父亲象征着家族与社会的责任，因此，父亲的丧失就足以使年幼的英雄摆脱家族血缘的羁绊，成为宇宙自然之子。而文学中的主人公，则通过这种方式迅速走上社会，成为一个社会之子。即使是那些没有被明确指出出生时就非同寻常的英雄们，他们在成长过程中也都会有一些不同于常人的非凡表现，从而向人们暗示着他们注定要建立一番功业，背负着某种神圣的使命。如同希腊神话中的大力士赫拉克利斯，他还在摇篮里的时候，就扼杀了赫拉派去害他的两条毒蛇。三国末期的魏国大将钟会和邓艾，幼年时期也表现非凡，一个在皇帝面

---

① ［美］戴维·利明、埃德温·贝尔德：《神话学》，李培茱、何其敏、金泽译，上海人民出版社 1990 年版，第 109 页。

前反应敏捷，应对自如；一个喜谋兵事，智慧过人。

等到英雄成年的时候，他们必然要跨越某个门槛，从而进入一个不同于此前生命历程的领域，也就是坎贝尔提到的“跨越第一个阈限”。体现在《三国演义》诸位英雄身上，刘备则是桃园三结义，起兵讨伐黄巾军；曹操则是刺杀董卓，号召关东义军；孙权则是在兄长孙策死后，独力担负起领导江东的重任。自然，在开始这个过程的时候乃至整个过程中，英雄往往会遇到困难或者挫折，这些阻碍有时候来自环境或者敌对力量的强大，而有时候则源于自身的软弱或者不够强大。这个时候，英雄们往往会得到某种“超自然的助力”，而这种过程也都是以通过某种“鲸的腹腔”来完成的，所谓“鲸的腹腔”，其实是人类集体无意识中母体的映射，在神话对应的现实中则是能够为英雄提供短暂的避风港的地方。在这里，英雄得到超自然的帮助，这种帮助可能是某件宝物，可能是某项技能，也可能是更高级的英雄的帮助，并且可以用它来造福人类。这期间，英雄往往是脱离了自己日常的生活环境，置身于一个与世隔绝的环境中，在中国，这种环境往往表现为寺院、深山、地穴等。即使英雄的现实身体没有离开日常的环境，那么他的精神也一定处于一种超现实的状态中。通过这种近于自我流放式的修炼，他就为自己将来的探险和磨难做好了准备，正如儿童在学校这一环境中学得知识与技能，以应付将来严酷的社会挑战一般。凭借这段时间修炼而获得的心态以及技能，年轻的英雄变得与众不同，不但有能力改变自己生来与他人相同的命运，更有能力承担起社会乃至世界交给他的责任。就像刘备几次被曹操所败之后，刘表提供给他的新野城就成了他暂时的避风港，正是在这期间，他得到了超自然的帮助——诸葛亮出山，在诸葛亮的出谋划策之下，刘备军先后火烧博望坡、火烧新野、孙刘联合火烧赤壁，取荆州、入西川、拔东川，开创了三足鼎立的局面。同样地，作为江东事业实际开创者的孙策，在父亲死后也曾暂时在袁术处栖身，在那期间，他得到了先父时期一班老臣以及周瑜、张昭等人的帮助，收复江东，为后来孙权三分鼎立开创了基业。

当英雄再一次出山之后，他必须得到社会的承认。从而开始进行自己的事业。这就是英雄要承受的某种成年礼，他的社会身份要得到确认。也就是说，使人们能够承认他是个英雄。但在这个时候，往往会出现新一轮的考验，也就是说，英雄必须为自己的再生做准备，这次再生既是实际的又是象征的。神话中，英雄往往要降临地府，也就是死亡之国，在那里，英雄获得了再生，这种再生更多的是一种灵魂的再生，即对已经度过的人生进行根本的反省和探讨。最终，英雄升天的神话是英雄冒险生涯的结束，英雄的神性在天上得到了认可，在这个非凡的世界里获得了成功。

在下面对英雄成长过程分析中，本书以美国学者坎贝尔在《千面英雄》中提出的三个阶段十七个具体过程的框架，以英雄冒险旅程为主，结合戴维·利明与埃德温·贝尔德《神话学》提出的发生、成年、隐修、探索（或修炼）、死亡（历史演义中一般会以经历某种挫败而后进入一神圣空间为标志）、降入地府、再生、神化（与未知世界重新合一）这八个阶段进行分析，来揭示出历史演义小说中那些主要英雄的生命历程也遵循着神话中的这一结构。

第三节　三国英雄的共同旅程

一　英雄冒险的发生阶段

首先是看发生的过程，这里的发生，一般情况下可以理解为英雄的出世。因为只有当英雄在这个世界上出现，他才能够为这个世界做出贡献，他的英雄业绩也才能在这个世界上广为流传。在英雄出生这个环节中，英雄常常是以一种神奇的方式出生的，他们或者是神灵感孕而生，或是出生之时有神奇的预兆，有些时候则更是经历了一出生就要被抛弃的命运，再或者，他们在幼年的时候就已经表现出与众不同的非凡能力。

这一神奇出生的母题，在神话中大量存在着。例如在中国关于殷代始祖殷契的感生神话，在《史记·殷本纪》中是这样记载的：“殷契，母曰简狄，有娀氏之女，为帝喾次妃。三人行浴，见玄鸟堕其卵，简狄取吞之，因孕生契。"[①] 《诗经·商颂·玄鸟》中也有记载"天命玄鸟，降而生商"[②]。此外还有关于周代始祖后稷降生的神话，关于这一神话，《诗经·大雅·生民》中是这样描写的："厥初生民，时维姜嫄。生民如何？克禋克祀，以弗无子。帝武敏歆，攸介攸止。载震载夙，载生载育，时维后稷。……诞寘之隘巷，牛羊腓字之。诞寘之平林，会伐平林。诞寘之寒冰，鸟覆翼之。鸟乃去矣，后稷呱矣。"[③] 另外，在司马迁的《史记·周本纪》中，也有类似的记录："周后稷，名弃。其母有邰氏女，曰姜原。姜原为帝喾元妃。姜原出野，见巨人迹，心忻然说，欲践之，践之而身动如孕者。居期而生子，以为不祥，弃之隘巷，马牛过者皆辟不践；徙置之林中，适会山林多人，迁之；而弃渠中冰上，飞鸟以其翼覆荐之。姜原以为神，遂收养长之。初欲弃之，因名曰弃。"[④]

由此可以看出，这些远古时期的始祖们都有着不同寻常的出生经历。殷代始祖殷契，是因为母亲吞吃了玄鸟落下的卵而受孕，生下了他。而周代始祖后稷则是因为母亲踩到了天神或者巨人的足迹而感孕，生下了他，更为神奇的是，后稷出生后，被当作不祥之物抛弃的时候，却总是有奇迹发生来保护他，家人把他扔到巷子里的时候，牛马经过的时候都不去踩他；家人想把他扔到树林里的时候，恰巧有很多人在场，不能扔；家人把他扔在冰上，就有许多飞鸟过来张开翅膀覆盖在他身上。这样一来，他的母亲才知道这个孩子不同寻常，就把他抱回家养大，后来，他果然成了周代的始祖，为中华文明做出了巨大的贡献。

而在西方，这类故事更是不胜枚举，古希腊神话中，天神往往会以人身下凡，与人世间的少男少女相爱，从而生下半神半人血统的子

---

① 司马迁：《史记》，中华书局1959年版，第67页。

② 李学勤主编：《十三经注疏》，北京大学出版社1999年版，第1444页。

③ 同上书，第1055—1065页。

④ 司马迁：《史记》，中华书局1959年版，第81页。

嗣，这些神与人之子，往往就成了一个民族的始祖或者某个民族的英雄。当人们翻开《荷马史诗》看一下这里面所出现的英雄们的出身时就会发现，几乎这里面所有的英雄，都是神与人的后裔。像希腊联军的主帅阿伽门农（Agamemnon），他的祖先是宙斯的儿子；而主将阿喀琉斯（Achilles），则是海洋女神忒提斯（Thetis）和凡人英雄珀琉斯（Peleus）所生。而希腊神话中建立十二大功勋的英雄赫拉克勒斯（Heracles），本身也是宙斯与凡间女子所生的儿子，而且一开始也被他的母亲放到田野，后来被雅典娜（Athena）交还给他的母亲继续抚养。

这类的神奇出生神话或者说感生神话，在原始时期作为各个民族信仰的一部分，具有重大的意义。一方面，这一始祖诞生的神话在民族或者说氏族内部被广为认同，当作自己民族来源的解释，从而把本民族的来源神圣化，增强了民族的凝聚力。另一方面，通过这种方式，使得这些文化英雄得到了神化。这种观念在后来的社会中一直存在着，并且在史官的笔下，主要体现为帝王的神奇出生。正如吴光正在他的《中国古代小说的原型与母题》中所指出的："在远古的感生神话和汉代谶纬神话基础形成的帝王政治神话已经完全融入了中国的政治生活中。"① 自司马迁开始，帝王神奇降生的神话就出现于正史之中，纵观《二十四史》，这样的例子大量存在。像《史记》中记载：秦的祖先就是因为母亲吞了玄鸟的卵而出生的，这一点与殷代始祖的出生类似。而汉代开国皇帝刘邦的出生，则是他的母亲在梦中与神相会，而且他的父亲也看到有一条龙附在他母亲身上，因而他母亲感孕，生下了刘邦。此外，《晋史》记载，前秦的君主苻坚，其母前往神庙求子，归来后梦见神人，然后生下了他。而《元史》中也有类似记载，元朝皇帝祖上的母亲梦见金甲神人，因此感孕，生下了元太祖的十世祖。总之，这种神奇的出生故事，使得英雄们一开始就有了非

① 吴光正：《中国古代小说的原型与母题》，社会科学文献出版社 2002 年版，第 323 页。

凡的出身，证明他们不同于寻常人，从而他们建立超于常人的功业也就是顺理成章的了。《神话学》中谈到英雄出生后往往会遭到抛弃的时候指出：“此婴孩被弃于自然，这证实他的血缘和本质是属于宇宙的。他被回赠给大母神（母亲的河流），又被一个普通人把他从河中救起，为众人所抚养。他不属于某个人，甚至不属于他的母亲。”[①] 在这里，作者其实是在说，英雄不属于某个家庭，而是属于全人类，他是自然宇宙之子，只有这样，才有可能突破家庭的局限，去面向世界，为世界做出贡献。像上面所举的那些例子，他们或者是自然感生，或者是神明之子，其血缘都来自神明或者自然。后来的历史演义小说也秉承了这一神话观念，因此历史演义小说中的英雄们也往往出身不凡，他们或者是天上星宿下凡，或者是神明转世，或者就是帝王贵胄之后，或者就是从小被抛弃在荒野，成为象征意义上的自然之子。还有一些，虽然没有明确指出他的来源，但也会在出生时通过异兆的表现，来体现这个孩子的不同寻常。像《杨家将演义》中提到，六郎杨延昭是白额猛虎下凡；《说岳全传》中岳飞是如来座前的金翅大鹏鸟下凡；而岳飞的主要大将之一牛皋，前身则是赵公明所骑的黑虎。而在《三国演义》中，也能看到此类现象，西蜀方面，刘备有着高贵的血统，他是正宗的皇族，书中记载，他是“中山靖王刘胜之后，汉景帝阁下玄孙”，而且他家的东南方，有一棵高五丈多的大桑树，远远望去，像是车盖一样。懂相术的人也说：“此家必出贵人。”果然，刘备后来入主两川，继承汉统。而刘备的儿子刘禅，出生之时也有神异现象出现，先是出生之前，他的母亲甘夫人在梦中仰吞北斗，因而感孕，生下了他。而当他出生之时，“是夜有白鹤一只，飞来县衙屋上，高鸣四十余声，望西飞去。临分娩时，异香满室”[②]，这都体现出了刘禅的不同寻常，事实上，刘禅作为“扶不起的阿斗”，

---

① ［美］戴维·利明、埃德温·贝尔德：《神话学》，李培茱、何其敏、金泽译，上海人民出版社 1990 年版，第 109 页。

② 罗贯中：《三国演义》，人民文学出版社 1979 年版，第 300 页。

在《三国演义》中没有什么作为，但他毕竟继承刘备的皇位，在西川称帝四十年，所以应了白鹤高鸣四十余声，向西飞去的先兆。而在东吴方面，最明显的例子就是孙策与孙权的出生，孙策、孙权之母去世之前曾经说过："长子策生时，吾梦月入怀；后生次子权，又梦日入怀。卜者云：梦日月入怀者，其子大贵。"① 可见，孙策、孙权兄弟都不同常人，而且孙权比他的哥哥孙策更为不凡。因为孙策出生时只是"梦月入怀"，而孙权出生时则是"梦日入怀"，过去，日月作为天空中最重要的天体，一直受到人们的崇拜，而日更是被认为是帝王的象征，而孙策、孙权兄弟出生的时候，他们的母亲梦见日月入怀，自然说明两个人都贵不可言。孙策骁勇善战，自幼跟随父亲孙坚出征，父亲去世后，他以从袁术处借来的三千人马，恢复了父亲当年创立的江东基业，但不幸遇刺身亡。而孙权则继承了父兄留下的江东六郡，联合刘备，取得赤壁大战的胜利，奠定了三分其一的局面。曹魏方面，曹操的儿子曹丕在刚刚出生的时候，屋子上空有一片青紫色的云气，圆如车盖，在上空终日不散。有善于望气的人就曾经私下告诉曹操说这是天子气，说曹丕将来贵不可言，后来曹丕篡汉自立，成为魏国的第一任皇帝。值得注意的是，刘备、孙权、曹丕三人正是蜀、吴、魏三国的开国皇帝，因此《三国演义》中特意设置了他们三人的神奇出生，而曹丕之父曹操，却没有这一情节，也体现出《三国演义》受此前帝王神奇出生神话的影响。

除了神奇出生之外，英雄成长过程中的发生阶段还可以指神话中的英雄们在幼年或者说还没有正式踏上冒险之路时就已经体现出与众不同的品质。这也是英雄们一开始就不同于常人的表现。潜意识中这是人成长到一定时期产生自我意识的隐喻，正如人成长到一定年龄以后开始产生自我意识一样，英雄们成长到一定时期也会意识到自己的非凡，从而展现出自己那不同常人的能力，以确立或者说向周围的世界证明自己的非凡。希腊神话中的赫拉克勒斯，在刚刚出生，还是在

---

① 罗贯中：《三国演义》，人民文学出版社 1979 年版，第 336 页。

摇篮里的时候，就表现出非凡的力气，徒手杀死了天后赫拉（Hera）派去害他的两条毒蛇。通过幼年时期与众不同的神力，就预示着他长大之后非同常人。前面提到的后稷，在幼年的时候也体现出与众不同的一面，《诗经》中记载，他“诞实匍匐，克岐克嶷，以就口食”①，就是说他从小就聪明非凡，一出生就会爬行，寻找食物吃。而《史记》中也有记载说他“弃为儿时，屹如巨人之志。其游戏，好种树麻、菽，麻、菽美”②，也是说他从小就与众不同，从小玩游戏就对农业种植方面的事物感兴趣。后来他成年后教会了人民种植，造福人类，成为周王朝的始祖。这类踏上英雄之路前就体现出与众不同的品质的表现，在历史演义小说中也多有出现，在《三国演义》中，体现为如下几处。首先是刘备少年的时候，《三国演义》中这样记载：刘备年幼的时候，经常和同伴在树下玩耍，这棵树就是上文提到的形如车盖的大桑树。当时刘备就曾经说“我为天子，当乘此车盖”，这一行为让他的叔叔非常惊奇，称赞说“此儿非常人”。而曹操在尚未发达的时候，就有不少人认为他非同寻常。时人桥玄对曹操说：天下即将大乱，除非有优秀的人才才能挽救天下，你大概就是那个人。南阳何顒见了曹操之后也说：“汉室将亡，安天下者，必此人也。”汝南的许劭，一向有善于看人的名声。曹操去见他，问自己能成为什么样的人，许劭一开始不回答，曹操又问，他才说：“子治世之能臣，乱世之奸雄也。”孙策与孙权的父亲孙坚，十七岁的时候就曾经表现出突出的胆识与才能，当时他到钱塘，看见有十几个海贼抢劫商人的财物，正在岸上分赃。孙坚提刀上岸，一边高声喊叫，一边装作在招呼人的样子，海贼们以为官兵来了，纷纷逃窜。孙坚趁机赶上去杀死了一名海贼，从此在地方上出名，被推荐为校尉。孙策也是年少英勇，主动请求跟随父亲出征，讨伐荆州刘表，在战场上，一箭射死荆州战将陈生。后来在父亲孙坚去世后，能够礼贤下士，通过从袁术处借来

---

① 李学勤主编：《十三经注疏》，北京大学出版社 1999 年版，第 1066 页。

② 司马迁：《史记》，中华书局 1959 年版，第 81 页。

的三千兵马征战江东，开创了后来的东吴基业。而诸葛亮，在尚未出山之前，水镜先生便称赞他说“卧龙、凤雏，二人得一，可安天下”，后来更是说诸葛亮“可比兴周八百年之姜子牙、旺汉四百年之张子房也”，对他的才能给予了高度的评价。刘备早期的重要谋士徐庶也对刘备称赞诸葛亮说“以某比之，譬犹驽马并麒麟、寒鸦配鸾凤耳。此人每尝自比管仲，乐毅；以吾观之，管、乐殆不及此人。此人有经天纬地之才，盖天下一人也”，从这里，一方面可以看出徐庶对诸葛亮才能的高度称赞，另一方面也体现出诸葛亮出山之前就已经有卓立不群的抱负与志向。从这些地方就可以看出，像神话中的英雄人物一样，《三国演义》里的英雄们也有着非凡的出身，从而注定了要建立非凡的功业。

二 英雄冒险的成长阶段

其次进入坎贝尔所说的分离或出发的阶段，也就是英雄开始进入一个与自己当前生活的世界所不同的一个新的世界，这个世界并不是指一个新的空间，而指的是英雄从此开始了一种截然不同的生活方式，此前他只是作为个体而生存，进入这个新的世界则代表着他开始担负起世界的责任，使他与这个世界相连，肩负起了某种神圣的使命。戴维·利明与埃德温·贝尔德《神话学》中把这一过程称作“成年”阶段，这一阶段中，英雄开始展现出自己的力量，能够向世界证明自己的价值。在坎贝尔看来分为五个部分。包括“冒险的召唤”“拒绝召唤”“超自然的助力”“跨越第一个阈限”“鲸的腹腔”。[①] 下面本书将结合这五个部分，对中国历史演义小说中特别是《三国演义》中主要英雄成长的对应部分来进行分析。首先来看“冒险的召唤”，所谓“冒险的召唤”，在神话中指的是英雄受到某种召唤，从而踏入一段历险，这种召唤会促使英雄离开原来的世界，把他心灵的重

---

① ［美］约瑟夫·坎贝尔：《千面英雄》，张承谟译，上海文艺出版社2000年版，第28页。

心从当前生活的社会转入一个未知的区域，在神话中，这一未知的区域可能是一个遥远的国度，也可能是一个神奇的世界，但它们的象征意义都是一样的，即与当下生活完全不同的一种新的生活方式。对于历史演义中的英雄们来说，这个具有象征意义的未知区域就是他们即将建功立业的世界。通过进入这一领域，他们摆脱了以往安宁但却平凡的生活，开始激动人心的历险，在这个过程中他们会经历许多磨难，但却也能获得荣誉与成就。这种冒险的召唤对那些即将踏上征途的英雄们来说可能是一个人物的出现，也可能是一个事件的发生，甚至可能是一个失误或者疏忽引发出的一系列结果，但无论如何，它们都为英雄进入那不同平常的世界提供了契机。在《三国演义》中，几个主要人物都得到过冒险的召唤。首先来看一下以刘备为代表的西蜀方面，正如前面所说的，刘备有着非凡的出身，但是，在遇到冒险的召唤或者说合适的契机之前，他只能在原有的世界里生活，过着与普通人无异的生活，尽管他也曾经外出游学，并且有一些较为出色的师友，但这一切并不能从根本上给他带来什么影响。对于刘备来说，属于他的“冒险的召唤”是黄巾起义，东汉末年，由于宦官专权，朝廷混乱，引发了以张角兄弟为首的黄巾起义。当时张角带一路人马进攻幽州，幽州太守因为城中兵少不能抵御，所以发榜文招募义军共同抗击黄巾军。这就为刘备提供了摆脱普通人生活的契机，《三国演义》原文中也说“榜文行到涿县，引出涿县中一个英雄”①。而对于诸葛亮而言，使他改变“躬耕于南阳，苟全性命于乱世，不求闻达于诸侯”的冒险的召唤，就是水镜先生、徐庶向刘备的大力推荐。而至于曹魏方面，其代表人物是曹操，他入仕之后，通过平定黄巾之乱等不断升迁，本来是可以做一个仕途顺利的官员而终老的，但使他改变了人生轨迹的，是董卓的专权跋扈。当时董卓杀害少帝，擅权作乱，汉室江山岌岌可危，司徒王允假借生日为名，邀请一班旧臣去他家商议计策，这个时候曹操自告奋勇，要去刺杀董卓，从此改变了他自己的

① 罗贯中：《三国演义》，人民文学出版社 1979 年版，第 4 页。

人生轨迹。江东方面，孙权本来作为孙策的弟弟，应该和其他几个幼弟一样，等到兄长安定下基业之后，做一地的太守或者留在都城里过安逸的生活就可以了，但对他而言，“冒险的召唤”就是兄长孙策的英年早逝，当孙策打猎之时被刺客用毒箭射伤，后来发病身亡，临终时将江东基业交付给他，从此他就担负起了统领整个江东的重任。然而，在神话中，当冒险的召唤来临之时，并不是所有的英雄都会心甘情愿地去接受召唤，他们可能会因为种种原因而拒绝召唤。这种拒绝召唤的原因在很大程度上是由于恐惧或者对自身的能力有怀疑，从根本上说，是不能放弃个人利益的东西。他们担心，一旦响应了这一召唤，可能会因为自己的力量不够等因素而导致现有生活的毁灭。上面提到的四个英雄中，只有曹操是主动踏上冒险历程的，而其他三个人在冒险的召唤面前，都不同程度地表现出了某种抗拒的姿态。刘备在看了榜文之后并没有主动去投军，而是慨然长叹，因为他认为自己虽然有志向破贼安民，但缺乏财力，束手无策。诸葛亮一开始也是“拒绝召唤”的，当徐庶前去拜访他，告知自己向刘备推荐了他的时候，诸葛亮的反应是“闻言作色”“拂袖而入”，刘备前两次去拜访，他也是避而不见。而孙权在孙策死后，也是“哭倒于床前”。在这个时候，为了让英雄踏上征程，就必须出现一种力量推动英雄，因为如果英雄坚持逃避召唤，实际上也就是在逃避自己对世界所负的责任，那么他们就不能成为真正的英雄。对刘备来说，起到推动作用的是张飞的出现，以及后来的桃园结义。当张飞见刘备长叹，得知原因后，主动提出用自己家的财产帮助刘备，而且在酒店饮酒的时候，又遇见了关羽，三人志向相投，从而桃园结义，至此，刘备具备了必要的力量，开始踏上冒险的征途。而诸葛亮，则是被刘备三顾茅庐的诚意所打动，毅然出山辅佐刘备，结束了原来的生活。孙权则是在张昭的提醒下，担负起自己的责任。

神话中，当英雄们接受了召唤之后，往往就会得到某种外力的帮助，从而帮助他们跨越过原来生活的围栏，进入那个全新的世界，这种外力可大可小，因为英雄尽管接受了召唤，但是他们未必就一定能够跨越过生活的围栏。在神话中，围栏象征的是一种观念：围栏内部是安全的，跨出去就可能招致危险。在这种情况下，就需要有某种外在的力量给予必要的帮助，让英雄克服内心的恐惧，具备足够的应对外部世界风险的勇气与决心，使英雄能够顺利地翻越围栏。刘备在一开始遇到的帮助是贩马商人，当时刘备等桃园三兄弟招募勇士，打造兵器，准备组建义军前往幽州的时候，却因为没有马匹而发愁，这个时候，正好有人报有两个客人，带着一群伙计，赶着一群马，来到庄上。当时刘备也说这是“此天佑我也”。这两个客人是中山一带的大商人，他们知道刘备等人的志向以后，当即送了他们良马五十匹，金银五百两，镔铁一千斤，从而使刘备等人顺利地组成了义军。对于曹操而言，外力的援助则是故乡的巨富卫弘，当时曹操刺杀董卓不成，逃回老家陈留，与父亲商量要变卖家产，招募义兵来讨伐董卓，他父亲就告诉他说家产太少，恐怕不能成就大事，但他们这里有孝廉卫弘，这个人平时疏财仗义，又是当地的巨富，如果能得到他的帮助，大事就成了。于是曹操前去拜访卫弘，告诉他自己的打算，结果卫弘慨然相助，从此曹操开始招兵买马，完全进入了那个全新的外部世界。而对于孙权来说，让他走上三足鼎立这一道路的辅助者，则是张昭、周瑜、鲁肃。相比起刘备与曹操，孙权的年龄与资历就注定了这个英雄需要更多的外部辅助才可能踏入全新的世界，因此，在孙策刚刚去世的时候，全靠张昭的辅佐，提醒他现在不是哭的时候，要赶紧振作起来处理军国大事。而在赤壁大战前夕，面对曹操大军压境，他也是犹豫不决，始终不能做出决断，直到母亲提醒他“外事不决问周瑜”，他才恍然大悟，在周瑜、鲁肃等人的力劝之下，才决定联合刘备，对抗曹操，踏入了全新的世界。

再次是隐修与探索（或修炼）阶段，这一阶段指成年的英雄在陌生世界里的冒险，这是坎贝尔所划分的第二、第三阶段，在他看来这是英雄历险的主要过程。当英雄们进入这个全新的世界，并且认识到自己的责任后，往往会有一个隐修的阶段。在这个阶段里，英雄能够更好地反省与自我审视。之所以出现这种情况是因为当英雄们进入全新的世界后，从象征意义上说是一次重生。他们从旧的平凡的世界中死亡，而在这个新的世界里以英雄的身份降生。那么为了适应这个世界，弄清楚自己在这个世界中的责任与追求，并为之进行必要的准备，就会出现这样一个隐修阶段。而这个隐修阶段结束之后，英雄们就可以踏上探索的道路，经历种种磨难，最终取得属于自己的胜利。在神话中，这种隐修的地点象征着母亲的子宫，隐喻着英雄们的再生。而在历史演义中，这种地方也如同母亲的子宫一般，保护刚刚踏入新世界的英雄们不受伤害，在这里，他们获得了一定的时间来适应这个世界，并且不断壮大自己，直到强大到能够脱离母体为止。曹、刘、孙三家势力中，曹操的势力最为强大，他的隐修时间就较为短暂，他刚刚踏入这个新世界的第一场战斗就是十八路诸侯讨伐董卓。在这一战中，他意识到十八路诸侯各怀异心，胸无大志，因此决意与他们分离。而他在单独追击董卓的战斗中，中了敌人的埋伏，遭到惨败，自己也险些丧命。这一切就使得英雄不得不暂时退回到母体去隐修，以获得时间来适应这个全新的世界。这种打击对于一个踏上征途的英雄来说是极为宝贵和有必要的，因为通过这种打击，他才能彻底抛弃以前的种种固有观念，开始认真反思自我。经历了这一环节，英雄才有可能在新的世界取得成功。对于曹操而言，他的隐修就是在山东一段时间的养精蓄锐，在这一期间，群雄逐鹿，袁绍用计夺取了冀州，江东孙坚讨伐刘表，结果死于乱箭之下。而曹操却在朝廷的名义下征讨黄巾军，逐渐扩大了自己的势力。特别值得注意的，是曹操移驾许昌一段。当时各地诸侯忙于争夺地盘，战乱不绝，而曹操却采纳了谋士的意见，入朝护驾，并且主持迁都，将汉献帝与文武百官迁入了自己的势力范围。这样一来，就完成了这样一个隐修，即后来其他势力所指责他的“托名汉相”。当时曹操的势力还不是非常强大，但他这一挟天子以令诸侯的战略，使他托身于正统汉室，利用天子的名义来发号施令，招贤纳士，从而有了巨大的号召力。这样一来，其他各地的诸侯，也不得不在名义上对他假借天子发出的诏令表示一定程度的服从。因此，可以说，从十八路诸侯讨伐董卓至攻陷徐州除掉吕布这段时间，汉室正统就是曹操的隐修之所，在这里，他获得了发展壮大自己势力的时间与空间。对于孙权而言，由于父兄已经打下了基业，所以整个江东都是他的隐修之地，长江天险使得东吴作为三国中力量最弱的一国依旧能延续下来。而对于刘备来说，隐修之地则是比他强大的各种势力。作为早期力量最为弱小的一位英雄，刘备面对的这个世界充满了危险。他的第一个隐修地点是平原，当时镇压黄巾军结束之后，公孙瓒举荐他做平原令，在那里招兵买马，后来从陶谦处得到徐州，但不久被吕布击败，投奔曹操，再后来投袁绍、依刘表，始终都在依靠其他势力对自己进行保护。而在这个过程中，使自己的力量得以生存下去。而当英雄们从隐修之所获得了力量或者援助之后，就可以充满自信地踏上征途了。在新的征途上，他们将获得成长，并最终完成自己的事业。刘备攻占两川，进位汉中王，曹操则被封为魏王，孙权后来也称帝。然而，要注意的是，他们的事业都只是部分完成，孙权由于始终没有踏出隐修之所，因此也就没有对江东之外的地区发挥太大的作用。而刘备和曹操，都因为背离了自己原来的道路，而走上了死亡。

三 英雄冒险的结束

最后是英雄的死亡、降入地府、再生、神化（与未知世界重新合一），这一部分中，获得成功的英雄往往能够再生、神化，与未知的世界重新合一。关于英雄的死亡，在《三国演义》中可以看到，他们往往是因为背弃了一开始保持的某种信念，因而导致了自己的死亡。正如神话中那些背弃了自己使命的英雄那样，他们迷失了原来的道路，从而受到了天神的惩罚。换言之，《三国演义》中的几位主要英雄，都没有取得最终的胜利，历史的事实也是如此，魏、蜀、吴三国都未能统一天下，最终三国归晋。但从微观上而言，那些“平生不失忠义”，在个人品格上符合要求的英雄，在死后依旧能够得到承认，化身为神。《三国演义》中有一个重要的提示，就是在刘备兵败猇亭，在永安宫养病时出现的。当时刘备身体不适，又思念关张二弟，眼睛昏花，不愿看见身边有人出入，所以把侍从都赶出了殿外，这时候，关羽张飞两人忽然出现，刘备大惊，以为两人尚在人间，但两人告诉刘备，他们已经死亡，但是“上帝以臣二人平生不失信义，皆敕命为神。哥哥与兄弟聚会不远矣”，这里传达出这样一个信息，即关羽张飞死后成神，而且刘备死后也将成为神，因为关张两人说过，刘备与他们聚会不远，如果不能成为神的话，是不可能与已经成为神的关羽张飞聚会的。而《三国演义》中另一主要成员诸葛亮，在后来也成为神，并在钟会邓艾两路大军伐蜀，蜀汉江山大势已去的情况下在定军山显圣，调遣数万阴兵截住了钟会军队的去路，并且托梦钟会，要他不得伤害黎民百姓，因此钟会“传令前军，立一白旗，上书‘保国安民’四字；所到之处，如妄杀一人者偿命”①，所过之处，秋毫无犯。由此可见，《三国演义》中最主要的蜀汉方面主要成员——桃园三兄弟以及诸葛亮在死后都以神的身份而存在着。也就是说，尽管从宏观方面上，《三国演义》里的众英雄们虽然都没能取得最终的胜利，但有些英雄却因为一生不失忠义，从而获得了微观上个人的成功，最终成神，达到了与未知世界的统一。

第四节　甘露寺——一个完整的神话

以上神话结构并不仅仅局限在描绘英雄的一生，也可以适用于某一个事件，英雄的一生中有时只需完成一个冒险就足以成为英雄，但也有很多英雄，在他们的一生中，进入过多个未知的世界去探险，完成了不同的功绩。在这种情况下，上述神话结构也可以比较完整地存在于具体的某次探险之中。还是以《三国演义》为例，笔者对其中的“甘露寺”一段进行分析。与其他可以单独存在的故事相比，“甘露寺”这一故事是最能完整体现上述神话结构的篇章。

首先来看故事的发生，在这里，由于故事的开始英雄（刘备）就

① 罗贯中：《三国演义》，人民文学出版社 1979 年版，第 1002 页。

已经成年，因此不存在神奇出生的结构，但是，英雄的出身依旧被多次提起，用来证明英雄的非凡。在文中可以注意到，在整个结亲过程中，前去荆州假提亲的吕范和支持婚事的乔国老提到刘备时多次称“皇叔”，乔国老对吴国太与孙权也说“刘皇叔乃汉室宗亲，不如真个招他为婿”，“玄德有龙凤之姿，天日之表；更兼仁德布于天下”。“皇叔”是刘备作为汉室宗亲与生俱来的优势，而“龙凤之姿，天日之表”也是自出生就与众不同的象征。从这里可以看出，尽管故事中没有明确提到英雄的神奇出生，但还是以隐蔽的方式来讲述了英雄非凡的出身。

甘露寺一段情节的根本原因在于东吴始终想要夺取荆州，但直接诱因则是刘备之妻甘夫人去世，这就为周瑜定下美人计诱刘备过江提供了机会，因此，吕范作为使者赴荆州提亲就成了整个故事的契机。从神话的角度来看，尽管目的是恶意的，但他依旧是一个“使者”，神明派给英雄对英雄进行召唤的“使者”。这次提亲，对于刘备而言毫无疑问是一次“冒险的召唤”，因为这次提亲，不是按照常规地把女方送来，而是“我国太吴夫人甚爱幼女，不肯远嫁，必求皇叔到东吴就婚”。也就是说，英雄必须离开自己所生活的环境，进入另外一个领域之中。在一开始，刘备本人表现出了“拒绝召唤”的态度，他认为这是周瑜设计要害他，不肯过江，这种情况下，正像坎贝尔所说的，把将来看成现存的那些标准、价值观、目标、利益的固定化。他坚持认为出行充满了危险，固执地坚守自己的立场，即使在诸葛亮为他做出了“周瑜虽能用计，岂能出诸葛亮之料乎！略用小谋，使周瑜半筹不展；吴侯之妹，又属主公；荆州万无一失”的保证，他依旧怀疑未决，迟迟不愿意踏入那未知的领域。尽管最终刘备还是在诸葛亮的安排下接受了这一“冒险的召唤”，但心里依旧是不安的。

当神话中的英雄开始踏上旅程的时候，总会有“超自然的助力”给他以帮助，坎贝尔认为，这种保护首先是一种保护性的承诺，正如诸葛亮对刘备所做的承诺那样，他将三个锦囊交给了随行的赵云，安排他依计而行。在此后的冒险中，可以看到这种保护究竟发挥了怎样强大的力量。到达南徐之后，赵云打开了第一个锦囊，按计行事的结果便是通过大规模地置办彩礼与对乔国老的拜访，使得这次婚事尽人皆知。“到达南徐”这一事件标志着刘备已经踏入了东吴的领土，原有的荆州方面的势力已经不能再直接地保护到他，他的身份也由荆州之主变成了新土地上的陌生人。正如神话中的英雄那样，一旦跨越了阈限，就进入一个全新的环境，踏上了“考验的道路”，在这片对英雄来说是全新的，未经开发的领域中，充满了种种考验。作为英雄，他必须克服种种困难，并且通过一系列的考验存活下来并取得成功。对于刘备而言，他在这里的任务便是击败周瑜的阴谋，成功完成娶亲任务最终安全返回荆州。当神话英雄进入这个地区的时候总会遇到一个或几个帮助者，这些帮助者既慈祥又具有神奇的力量，他们能够给予英雄以巨大的支持，帮助他完成艰难的任务。这些帮助者往往会以长者或者超自然的身份出现，而在《三国演义》中，刘备的第一个帮助者就是乔国老，乔国老对这桩婚事是极为赞成的，当刘备前去拜访他并告知来与东吴结亲后，他便去向吴国太贺喜，使得这件事传到了吴国太耳中。而且当他得知这是周瑜与孙权定下的美人计之后，大力反对这一计划，认为“若用此计，便得荆州，也被天下人耻笑。此事如何行得”，把孙权说得默然无语。特别是在当时吴国太大怒，孙权为难的情况下，乔国老提出了“事已如此，刘皇叔乃汉室宗亲，不如真个招他为婿，免得出丑”这一办法，并对孙权提出的妹妹与刘备“年龄恐不相当”的理由进行反驳，认为“刘皇叔乃当世豪杰，若招得这个女婿，也不辱了令妹”，从而直接推动了吴国太决意在甘露寺见刘备的决定。在甘露寺见面的时候，他也称赞刘备“有龙凤之姿，天日之表；更兼仁德布于天下：国太得此佳婿，真可庆也”，在很大程度上促进了孙刘联姻的形成。另外，刘备在甘露寺定亲之后，担心夜长梦多，会有人加害自己，也是通过乔国老，向国太请求保护的。可以说，以乔国老在东吴的身份——孙策与周瑜的岳父，使他成为在异域中的英雄的第一个重要的保护者。正是在他的推动下，形势一步步转向了对刘备有利的一面。

刘备在东吴的第二个帮助者是吴国太，吴国太从一开始就是作为母亲的形象出现的。当人类刚刚降生到这个世界，面临种种危险的时候，首先为其提供保护与舒适安全环境的人就是他们的母亲，因此，当人类遇到危险的时候，内心深处就会呼唤母亲的保护，这种人类共有的潜意识在神话中就往往体现为女性保护者的出现。而在《三国演义》中，这种意识体现得尤为明显。首先吴国太得知孙权与周瑜使用美人计的时候，就是从母亲的立场出发考虑的，她认为“将我女儿为名，使美人计！杀了刘备，我女便是望门寡，明日再怎的说亲？须误了我女儿一世”，其出发点在于维护自己女儿。而对于刘备，她一开始并没有特别的照顾，只是说明天要在甘露寺相见，若是合意就招他为女婿，若不合意，便任由孙权等人行动。但等到在甘露寺见了刘备之后，十分满意，认为“真吾婿也”，从这时开始，她便以母亲的姿态开始保护着刘备，当她得知廊下埋伏着孙权等人布置的刀斧手的时候，责骂孙权说“今日玄德既为我婿，即我之儿女也。何故伏刀斧手于廊下”，并要把直接负责人、东吴大将贾华推出去斩首，明确地把刘备当作子女一般保护起来。而且在后来，当乔国老告知她刘备担心有人加害，急于返回荆州的时候，她也说“我的女婿，谁敢害他”，当下就让刘备从外面搬入书院暂住，早早定下日子成了婚。作为在异域历险的英雄，刘备正是通过这两个强有力的支持者，挫败了种种危险，成功地完成了在异域的第一个任务——成婚。神话中，这种婚礼象征着英雄对生命的全面掌握。而对于刘备而言，通过成亲，使他暂时摆脱了潜伏在四周的危险，并为将来的返回奠定了基础。

当英雄获得成功之后，需要返回自己原来生活的世界，把在异域所获得的知识、技能或者宝物传达给自己所生活的世界的人民，促成原来世界的改变，这样，才算是真正完成了自己的使命。一个完整的神话中，英雄必然要从神秘的世界回到人类的世界，通过他所得到的恩赐，使自己原来的世界得到救赎。对于刘备而言，返回荆州，以东吴女婿的身份巩固孙刘联盟，兴复汉室，是他的任务。但这个归来的过程往往不是一帆风顺的，正如前面所说的那样，存在归来与拒绝两种可能，刘备对于归来的态度，一开始即使不是拒绝，至少也是消极的。原因就在于当周瑜收到孙权的书信，得知刘备已经与孙夫人成婚，美人计失败之后，又使用了下一个计策。周瑜认为在当前木已成舟的情况下，应该把刘备“软困之于吴中：盛为筑宫室，以丧其心志；多送美色玩好，以娱其耳目；使分开关、张之情，隔远诸葛之契”。张昭也认为“（刘）备起身微末，奔走天下，未尝受享富贵。今若以华堂大厦，子女金帛，令彼享用，自然疏远孔明、关、张等，使彼各生怨望，然后荆州可图也”。因此，孙权修整了华美的府邸，里面广栽花木，精心布置，让刘备与孙夫人居住，并且送了女乐几十人以及各种金玉绸缎等。刘备果然惑于声色，过起了安逸的生活，完全不考虑回荆州处置政务的事情了。在这种情况下，正如许多神话中所体现出来的那样，女人作为诱惑者的一面就体现了出来，使得英雄丧失了进取的斗志。另外，在异域中所体验到的美好，也使得英雄对原来生活的世界中的一切关心、回忆等荡然无存。这时候，取得成功的英雄自然就不愿意回到原来生活的世界，要想让他回去，就必须有外部的力量来推动。在这里，诸葛亮的第二个锦囊，就成了外部的力量。当赵云依计行事，告诉刘备说曹操起大军来报赤壁之仇，军师来信让刘备速速回荆州准备，并且再三催促。这样就使得刘备记起了自己的责任，做出了返回原来世界的决定。

当神话英雄要离开异域返回自己生活的社会时，通常会有两种可能，第一就是他的行动得到了神明的认可和保佑，从而顺利返回。第二则是因为他取得的战利品不是得到完全允许的，那么在离开异域时会遭到追击，而刘备的冒险经历恰恰属于后者。因为他是诈称去江边祭祖而走的。完全违反了异域最高统治者——孙权的意志，因此一路上遭到各种阻碍也就是可想而知的了。而这个过程中，英雄往往要通过魔法来逃走，这种魔法，在这里就体现为诸葛亮的第三个锦囊妙计——让孙夫人退兵。因为孙夫人是孙权亲妹妹，而且“自幼好观武事，严毅刚正，诸将皆惧”，在她的严词斥责下，周瑜的堵截人马和孙权派出的追兵都无功而退。神话中，逃跑的英雄们向身后扔出具有魔法的东西来阻碍追赶者，在这里，刘备则是把孙夫人留下阻挡追兵，自己先行逃离。另外，在有些时候，仅仅靠这些方式还不足以摆脱背后的追击。这就需要有外界的救援来帮助英雄逃脱，如同从天而降的飞马、神明等。而在刘备的冒险过程中，出现的外部力量则是荆州方面赶来的接应部队。当时刘备一行已经逃到了东吴与荆州的交界处，正在这个时候，东吴的追兵重新杀到，正是人困马乏走投无路的时候，这种情况下，外部的援助出现在眼前，他们看到江岸上排着二十多只大船。上船之后发现，原来正是诸葛亮率领的荆州接应部队。当刘备逃到江边寻找船只的时候，曾经有这样一段描写：

> （刘备等人）沿着江岸寻渡，一望江水弥漫，并无船只。玄德俯首沉吟。赵云曰："主公在虎口中逃出，今已近本界，吾料军师必有调度，何用犹疑？"玄德听罢，蓦然想起在吴繁华之事，不觉凄然泪下。[①]

当英雄们从神的世界跨越归来的阈限返回人的世界时，必然会有这种种的不适之感，因为神的世界是一个被人们所遗忘的世界，当英雄们经历艰险，开始熟悉了那里的一切时，再忽然回到原来的世界时往往会失去心理上的平衡，并且一时间很难融入原来的社会生活。而刘备也是如此，当他来到边界，即将回归原来生活的时候，也会产生同样的心理波动。然而，随着荆州四路人马杀到，大败东吴追兵，大都督周瑜气得金疮迸裂，落马昏迷，刘备成功地回到了荆州这块自己所生活的土地上。从此开始，他就成了两个世界的主宰，具体说来，就是具备了两种身份，荆州的实际占有者和东吴女婿。而这双重的身份使他巩固了自己的地位与地盘，为将来的三足鼎立开创了良好的局面。在后来的情节中，对此也多有提及，像张松初见刘备时，曾经问过刘备现有多少土地，诸葛亮说只有荆州，而且还是东吴的，因为刘

① 罗贯中：《三国演义》，人民文学出版社1979年版，第475页。

备是东吴女婿，所以暂借此地安身。后文当刘备进兵西川的时候，孙权曾与众谋士商议趁机夺取荆州，却因为孙夫人在荆州，而被吴国太喝止。由此可以看出，刘备的这一身份，给他带来了极大的便利。由于甘露寺一段情节只是英雄的一次冒险，并没有贯穿英雄的一生，因此不存在死亡、再生等情节，但从体现出的情节来看，是完全符合上述神话结构的。

由此可见，神话通过象征与隐喻的方式，以原型的方式流传下来，反复出现在各类故事中。而由于神话所使用的这种象征隐喻的方式，则使得这些母题与结构超越了时代，可以用来表现或者说涵盖人类各种丰富的情感与体验，以及生存的意义与实践中的经验。每个人都可以通过这些神话结构，找到自己所在的位置，从而认清人生的方向，正是通过这些原型，人们一再与古老的神话相遇，从中汲取生活的知识，体验生命的意义。

第五章

《三国演义》中的神话结构（下）

第一节　从金羊毛到甘露寺——四个神话母题

希腊神话中有这样一个著名的故事，希腊王子伊阿宋为了收回父亲的王国，答应了叔父提出的条件，到邻国去盗取金羊毛，为了完成这个目标，他邀请了一批英雄与他一道前往，邻国的公主美狄亚对伊阿宋一见钟情，决定帮助他。在美狄亚的帮助下，伊阿宋成功地夺取了金羊毛，并且和美狄亚一同逃回自己的国家，在逃亡的过程中，为了不被发现，还杀死了美狄亚年幼的弟弟。[①] 这就是金羊毛的故事。如果不考虑后来在别的故事中发生的一系列悲剧的话（在其他的希腊故事里，因为伊阿宋对美狄亚的背叛，得到了一个悲惨的下场），单就这个故事而言，完全就是一个英雄完成自己的事业，并且成功抱得美人归的故事。如果带着对这个故事的印象进入中国历史演义小说之中的话，就可以发现，这种类似的情节，会在很多地方出现。在这里，笔者就《三国演义》中的相似故事与之进行比较研究，从而探索隐含在神话和历史演义故事中的共同原型。

《三国演义》中与金羊毛故事相似的情节就是“甘露寺”，这个故事的主要部分包含在《三国演义》的第五十三回、第五十四回与第五十五回的前一部分，此外还有零零散散的背景与结尾等相关情节分布于全书各处。大体情节如下：孙权为了夺回荆州，听从周瑜之计，以

① 晏立农、马淑琴编著：《古希腊罗马神话鉴赏辞典》，吉林人民出版社 2006 年版，第 332 页。

嫁妹为借口，试图将刘备骗入东吴实行软禁，从而换取荆州。但诸葛亮早有对策，他将计就计，让赵云陪伴刘备人东吴，结果刘备不但与孙权的妹妹成亲，还在她的帮助下平安逃离东吴。从故事结尾处刘备军士齐声高呼“周郎妙计安天下，赔了夫人又折兵”可以看出，这个故事的结局也是英雄（刘备）成功挫败了东吴夺取荆州的图谋，娶得美人而回。

通过这两个故事的对比，可以得到的第一个印象就是英雄通过冒险，得到了成功，作为冒险成功的奖励，他们都获得了事业上的胜利与爱情（或者说妻子）。如果从事件的结果看的话，那么，获得妻子自然是成功的一个部分。而如果从获得成功的途径看的话，女主人公对英雄的帮助，是他们取得成功的关键。伊阿宋依靠美狄亚的帮助取得了金羊毛，刘备则是在逃亡的路上由孙夫人斥退了追杀他的东吴将士。如果再从妻子的角度看的话，她们都是背叛了自己的血亲家庭，选择了和英雄一起逃走。美狄亚背叛了自己的父亲，逃亡过程中还牺牲了自己的弟弟；孙夫人则背叛了自己的兄长，并且挡住了兄长派来的追兵。那么，从不同角度来看这个故事结局，至少可以从这两个故事中找出四组共同的题材。第一，英雄克服了种种考验获得了成功并得到妻子，妻子是作为成功的一个奖励。第二，女性帮助英雄获得成功。第三，女性为了自己的丈夫而牺牲自己的血亲家庭。第四，英雄克服困难娶到了妻子。

在这四组不同的题材中，可以发现这些题材在许多神话故事、民间传说、历史演义小说中都可以见到。尽管伊阿宋的故事属于神话，而《三国演义》等属于人世间的故事，但它们都包含着相似的内容，这种产生于神话，而在后世文学作品中以不同的形式反复出现的情节，就是神话母题的一种类型。首先看第一组，英雄将妻子与宝物作为成功的奖励带回。如果把妻子不是看作爱情的象征而是很实用的去面对其意义时，可以发现，无论是金羊毛与美狄亚还是孙尚香（孙夫人），都是对英雄有重要实用价值。伊阿宋要夺取的金羊毛，可以使他得到一个国家（至少他认为如此），而刘备与孙夫人的联姻，则使得荆州能够更加合理地留在他的手中。这里面涉及民间传说以及神话中的一个重要主题，即宝物母题。

世界上许多民族都有自己的藏宝寻宝故事，古代中国的宝物，早期也是偏重于解决生活资料的问题。① 在这些故事中，宝物是一种象征，获得超自然力量的宝物，最初是为了在改造自然的过程中更加省力，这体现了原始初民在征服自然的过程中产生的一种美好的愿望。但从另外的角度来看，获得超自然宝物的人，通常也不是凡人。神话中的英雄往往经过了种种艰难险阻，在充分展示自己的智慧勇气与优秀品质之后，才能够获得这些宝物。有些时候，英雄是经由某种奇特的遭遇获得宝物，从而使自己主动或者被动地卷入了一场历险，而在这个过程中，英雄充分展现出自己的非凡品质。因此，从这个意义层面上来看，获得宝物，是对英雄身份的一种认同。而失去宝物，往往又意味着这种身份暂时或者永久的失落，这就往往成为英雄死亡的预兆。首先看一下宝物承载着重要使用价值的意义，这是宝物最原始的意义，神话中的英雄们有许多是借助于宝物的力量来战胜种种困难获得成功的。而在《三国演义》中，这样的母题也多有出现，最大的一个变形就是刘备的三顾茅庐。当时刘备刚刚被曹操打败，在荆州依附于刘表。当时的隐士水镜先生与刘备交谈，曾经说刘备手下关羽、张飞、赵云都是勇将，但缺乏能调度指挥他们的人才，从而向刘备提起卧龙、凤雏二人得一，可安天下。后来刘备的得力谋士徐庶也向刘备力荐诸葛亮，于是刘备三顾茅庐，请诸葛亮出山相佐。在这里，从对于英雄的辅助作用上而言，诸葛亮就是刘备最大的宝物。自诸葛亮出山之后，刘备开始踏上胜利的道路，从火烧博望坡到火烧新野，再到赤壁大战，收取荆州，刘备对诸葛亮言无不从，而诸葛亮也是计无不中。而当英雄失落了宝物的时候，也就是说刘备不听诸葛亮之言的时候，就意味着英雄生命的终结。关羽大意失荆州之后，刘备要为关羽

---

① 刘卫英：《明清小说神授法宝模式及其印度文化渊源》，《华南师范大学学报》（社会科学版）2007 年 第 4 期。

报仇雪恨，不听诸葛亮、赵云等人的苦劝，起兵七十万讨伐东吴，结果被陆逊火烧连营八百里，自己也病死在白帝城。当时陆逊就曾经说过，他定下的火烧连营的计策，只是瞒不过诸葛亮，但天幸诸葛亮不在，使得他这条计策能够成功。也证明了失去诸葛亮之后的刘备，就如同神话中失去宝物的英雄一样，必然会走向毁灭。另外，宝物的获得，也是英雄身份的一种证明，所以在希腊神话中，太阳神阿波罗的私生子法厄同请求他的父亲太阳神阿波罗，把太阳车借给自己，以证明自己是太阳神的儿子，但他却不具备掌控这一宝物的力量，最终粉身碎骨。而相反地，那些成长起来的英雄们，都顺利地通过获得宝物，来认证了自己的力量与地位。而有些时候，当他们死亡的时候，那些一直伴随他们的重要宝物就会失去。像《说岳全传》中，少年时代的岳飞在一次偶然的机遇中获得了神兵沥泉枪，从而预示着他的不同寻常，当时在场的一位高僧就说这沥泉枪本是神物，岳飞能够得到此枪，将来必然会登台拜将，后来果然应验。而这一宝物作为岳飞的随身兵器，伴随他征战疆场十几年，当后来岳飞被十二道金牌召回的时候，在过江途中忽然有水怪跃起，岳飞用沥泉枪刺杀时，沥泉枪却被水怪收去，这就预示了英雄末路的到来。而在《杨家将演义》中，杨宗保在崭露头角的时候，也得到九天玄女所赐予的天书。当时杨宗保追随祖母佘太君前往边关，路上迷失了方向，误入一处所。

> 宗保随光影近前，见一所大房，似庙宇之状，遂拴了马，连叩数声。里面有人开门，引宗保进入，见一妇人，坐于殿下，两边仪从，极是雄伟。杨宗保拜于阶下。妇人间曰："汝乃何人？夜深至此？"宗保道知本末，且言因与令婆走差路至此。妇人笑曰："汝令婆赴军中看阵，如何识得？"因令左右具饮食，款留宗保。宗保亦不辞，开怀食之。却是红桃七枚，肉馒头五包。食毕，妇人取过兵书一本，付与宗保曰："吾居此间，近四百余年，未尝有人至此，今君到此，乃夙缘也。汝将此书下卷熟玩，内有

破阵之法，可去扶佐宋主，降伏北番，作将门万代公侯，不失为杨家之子孙矣。”宗保拜而受讫。妇人令左右指教宗保出路。天色渐明，左右曰：“此去一直之地，便是大路。”言罢而去。宗保在马上且惊且疑。出得深山，恍然人境。问居民：“此是何处？”居民指曰：“前一座大山，乃红累山，内有擎天圣母庙，多年荒废，基址尚在。”宗保默然曰：“凡事不偶，此真乃奇遇也。”遂取出兵书玩之，熟读详味，不胜欢喜。①

在迷路的过程中，刚刚踏上冒险路程的少年英雄得到了擎天圣母的帮助，获得了至关重要的宝物，后文中，他凭借这部兵书，认出了辽国布下的天门阵，从而为后来的破阵提供了契机。而这种宝物增强了他的力量，为他后来的建功立业奠定了基础。而在《三国演义》中也有这样的母题变形，那就是关兴夺刀的情节。当时关羽大意失荆州之后，与义子关平双双遇害，其使用多年的青龙偃月刀也被东吴大将潘璋所得，后来关羽次子关兴随刘备伐吴报仇，在一次战斗中迷路，投宿民居的时候，正遇上同样迷路前来投宿的潘璋，于是一剑斩了潘璋，夺回了父亲的青龙偃月刀。通过夺刀，关兴确立了自己作为关羽之子的地位。这里的地位，并不仅就血缘关系而言，它更是一种象征，表示作为关羽之子，关兴有能力承袭父亲的一切。

在第二组题材中，女性帮助英雄获得成功，这一类故事有这样的相似性，可以从女神援助型的故事这一角度对其进行统称。这类女神援助型的故事，从根本上来说是源自原始初民的女性崇拜心理。在荣格提到的有关人的潜意识中所存在的一系列主要原型中，母亲原型是非常重要的一个。神话中提供了母亲原型的诸多变体，而女神是其主要的形象表现之一。② 在原始社会，对女始祖的崇拜是当时的一大特

① 熊大木编撰：《杨家将演义》，金盾出版社 2009 年版，第 183—184 页。

② ［瑞士］荣格：《原型与集体无意识》，徐德林译，国际文化出版公司 2011 年版，第 67 页。

色。当时，由于知识的匮乏，原始初民认识不到男性在繁殖后代中所起的作用，只是从直观的感受出发，因而格外重视女性的作用，从而导致原始初民只知其母不知其父的状况。在这一观念的影响下，人们对女性充满了崇拜与敬畏的心理。此外，对母亲的爱戴、敬仰和依赖是人类普遍具有的一种内在的心理需求。在人类社会形成初期，人类面对着严酷的大自然，缺乏现代技术与工具的原始先民们，在面对强大的大自然并深感自己无能为力的时候，自然而然地就会把目光投向母性，希冀得到保护。这是由人类的集体心理所决定的，当人刚刚出生的时候，能够给他提供保护以及依靠的就是母亲，尽管婴儿会成长为成年人，但在内心深处的潜意识之中，依旧深藏着对母亲的依恋，当巨大的、不可抗的危险与灾难降临时，躲入母亲的庇护之下是原始初民的一种共同心理。在这种情况下，母性被赋予神性并受到膜拜就成为非常自然的一种现象，这就是女神崇拜的起源。根据人类学家和宗教史家们的研究，母系氏族社会崇拜的原母神是后世一切女神的终极原型。正是从这单一的母神原型中逐渐分化和派生出职能各异的众女神。①

在中国的神话中，女神的影子处处可见，其中最伟大的女神就是女娲，女娲作为女神有两个巨大的功绩。一是造人，二是补天。“俗说天地初开，女娲抟黄土为人，剧务，力不暇供，乃引绳横泥中，举以为人……古之时，四极废，九州裂，天不兼覆，地不周载，火爁炎而不灭，水浩洋而不息，猛兽食颛民，鸷鸟攫老弱，于是女娲炼五色石以补苍天，断鳌足以立四极。杀黑龙以济冀州，积芦灰以止淫水。苍天补，四极正，淫水涸，冀州平，狡虫死，颛民生。”② 这种创造与守护的功能，充分体现出了她的母神形象。纵观中西神话世界，这种女神援助型的神话故事一再出现，《荷马史诗》中奥德修斯一直得益于雅典娜女神的庇佑，最终得以结束了十年的海上漂流返回故乡。中

① 叶舒宪：《高唐神女与维纳斯》，中国社会科学出版社 1997 年版，第 5 页。

② 袁珂编著：《中国神话传说词典》，北京联合出版公司 2013 年版，第 37 页。

国神话中有后羿从西王母处获得灵丹；九天玄女授予黄帝兵法以败蚩尤；舜之妻保护舜不受其弟杀害；等等。再往近一些看，中国神魔小说《西游记》中，唐僧师徒四人更是在观世音菩萨以及黎山老母等一些女神的大力保佑下度过种种险阻，到达西天的。

当把视野放大到整个历史演义小说中时，可以看到，这一母题经过变形之后依旧广泛存在。在《三国演义》中就有多处。其中，最为明显的两处分别发生在甘露寺结尾处与诸葛亮七擒孟获途中。首先看甘露寺一处，当时，刘备要从东吴逃回荆州，去找孙夫人相助。当时书中是这样描写的：

> 玄德跪而告曰："夫人既知，备安敢相瞒。备欲不去，使荆州有失，被天下人耻笑；欲去，又舍不得夫人：因此烦恼。"夫人曰："妾已事君，任君所之，妾当相随。"玄德曰："夫人之心，虽则如此，争奈国太与吴侯安肯容夫人去？夫人若可怜刘备，暂时辞别。"言毕，泪如雨下。①

此外，在后文中，刘备逃走途中，周瑜派人在前面拦截，孙权也派人紧追其后的时候，刘备又去请求孙夫人相助时，是"急来车前泣告孙夫人"。从这些描写可以看到，刘备在这里体现的，已经不是传统意义上的那种男性气概，而是一个惶急无智的孩子寻求母亲保护的样子。而孙夫人的反应则是"夫人怒曰：'吾兄既不以我为亲骨肉，我有何面目重相见乎！今日之危，我当自解。'于是叱从人推车直出，卷起车帘，亲喝徐盛、丁奉"②，后面也多次"大怒""叱"，以自己的威严保护了刘备安全脱身，体现了女性的那种保护意识。此外，当诸葛亮兵渡泸水，孟获连连败退的时候，也是其妻祝融氏自告奋勇，替他出战。文中如此记载："忽然屏风后一人大笑而出曰：'既为男

① 罗贯中：《三国演义》，人民文学出版社1979年版，第472页。

② 同上书，第474页。

子，何无智也？我虽是一妇人，愿与你出战。’获视之，乃妻祝融夫人也。夫人世居南蛮，乃祝融氏之后；善使飞刀，百发百中。孟获起身称谢。”① 在这里，当男性英雄计穷力竭的时候，背后总会出现一个女性为他排忧解难。在以上两处情节中，是妻子作为援助而出现。下面，还有几次则是母亲对子女的援助。首先是糜夫人在长坂坡之战中投井自尽，助赵云保护阿斗杀出重围；其次是赤壁大战前夕，曹操大军压境，东吴文武战和不定，孙权无计可施之时，吴国太提醒孙权“外事不决问周瑜”，使得孙权恍然大悟，使周郎立功于赤壁，这一处虽然着墨不多，但却十分重要，推动了整个事件的后续发展，而这正是吴国太以母亲身份发挥的作用所造成的。另外，在曹操死后，曹丕即位，他因为嫉妒弟弟曹植才华，想要加害曹植，这时候也是他们的母亲丁夫人出面，呵斥曹丕不念兄弟之情，使曹丕不得已放了曹植。此外，在其他的历史演义小说中也多有此类现象。《杨家将演义》中，杨六郎不识辽国摆下的天门大阵，请母亲佘老太君前来相助，后来，穆柯寨寨主穆桂英也下山助杨宗保大破天门阵。特别是到了后来番兵进犯，杨宗保被困金山笼的情况下，杨门女将出兵援助，大破敌兵，更是呈现了女性对男性英雄的帮助。在这里，给予英雄主人公以援助的，有的是女性化身的神明，而更多的则是普通的女性，无论这些援助者以哪种面目出现，依旧是神话中所流传下来的人类遥远的遗传编码。

在第三组题材中，女性为了帮助自己的丈夫而背叛自己的血亲家庭，这类的题材在神话中也多有出现，这反映了原始社会时期的一种转变。荣格曾指出过一种“女性原则”，认为它代表的是非理性的或精神的方面，包括情感、直觉和合群性。这“女性原则”就是指超越了特定时代和文化的局限、自古至今女性所特有的一种集体潜意识。它是源于远古的女性情感文化长期积淀而形成的女性心理的内化特

① 罗贯中：《三国演义》，人民文学出版社 1979 年版，第 772 页。

征。[1] 在原始时代，部落中的男子主要从事于打猎和防御外来的袭击，女子则担负着采集食物、抚养子女等家庭内部的种种任务，于是男女之间日益形成了截然不同的心理结构。男性越来越侧重于理性思考问题，对事物的判断更倾向于功利性，而女性则更多的是从情感出发，更多地顾及家庭与情感的因素。在总结了男女之间由于社会分工等因素的影响之后，荣格指出，和男性相比，女性在照顾其他人、了解他们的感觉和情感，并且评估关系时更具优势。[2]

所以，在这种情况下，同一个问题上，男性与女性考虑的角度就各不相同。美狄亚之所以与伊阿宋逃走并杀死自己的弟弟，是因为她知道父亲不会同意自己和伊阿宋带着金羊毛离开，换言之，美狄亚知道在她父亲眼里，金羊毛比女儿的幸福重要得多。为了争取自己的幸福，她不得已做出了这一决定。而在甘露寺情节中，孙权与周瑜考虑的也是如何夺回荆州，至于对孙夫人的幸福，也并没有考虑过多。在他们眼里，情感与婚姻是可以拿来进行计算的政治或者战略筹码。而在女性眼里，这种象征着人类自然温情的情感与婚姻，以及家庭内部的骨肉亲情，才是压倒一切的。因此，当吴国太得知周瑜用美人计来赚取荆州的时候，勃然大怒，骂孙权与周瑜说："汝做六郡八十一州大都督，直恁无条计策去取荆州，却将我女儿为名，使美人计！杀了刘备，我女便是望门寡，明日再怎的说亲？须误了我女儿一世！你们好做作。"在后来刘备大兵入川的时候，孙权的谋士顾雍曾经建议趁着刘备远在西川的时候，派军队截断刘备的退路，同时起兵趁机袭取荆州。当时孙权也对这一计策大为赞赏，认为"此计大妙"，但正在商议的时候，吴国太从屏后转出，说"进此计者可斩之！欲害吾女之命耶"，接着又斥责孙权说："汝掌父兄之业，坐领八十一州，尚自不足，乃顾小利而不念骨肉。"而孙夫人与刘备从东吴返归荆州，也是

---

① 方克强：《原型题旨：〈红楼梦〉的女神崇拜》，《文艺争鸣》1990年第1期。

② 郭爱妹、陈晴钰：《荣格分析心理学的女性主义解读》，《南京师范大学学报》（社会科学版）2012年第2期。

因为把情感看得重于功利，深为其兄孙权的不念骨肉之情而不满，所以出面喝退追兵，使刘备安然返回。后来刘备入川之后，孙夫人也正是因为念及骨肉亲情，中了孙权的计策，以为母亲病重，惶急之间不及与人商量便登上了东吴的大船，从此未能返回荆州。猇亭之战后，她误听讹传，以为刘备死于乱军之中，于是驱车至江边，望西遥哭，投江而死。孙夫人的悲剧，美狄亚的行为，乃至一切类似故事中女性做出的两难抉择，实际上都是男性理性文化压倒了女性情感文化而产生的文化悲剧，是现实的、理性的功利需要损害了人们之间纯情、温情的情感悲剧。

在第四组题材中，英雄通过种种考验，最终娶得妻子回家，这个题材在古今中外的神话、传说以及民间故事中也大量存在，这一类型，在神话母题中被称为难题求婚主题。

难题求婚母题，是民间文学中一个极为常见的情节，它不仅出现在许多民族的神话之中，而且在传说与民间故事中也不断浮现，世代相传。这种故事往往呈现为一名男子，在经过种种考验之后，获得妻子的过程。这一母题出现的背景是人类社会从母系社会向父系社会的转换。进入父系社会之后，男人需要在族外寻找妻子带回家中，由从妻居改为从夫居住。在这个过程中，女方往往需要对男子进行种种考验。以观察其品行、劳动能力等。看他能否担负起家庭的重担。① 这种考验反映到神话中，就形成了种种具有象征意义的难题。在甘露寺情节中，孙权与周瑜的计策，正象征着男子求婚的时候要面对的难题，而刘备在诸葛亮与赵云的帮助下克服了这些难题，正是男子在求婚过程中自我能力的展示。在整个甘露寺故事中，刘备的出身是完全经得住考验的，他是汉室宗亲，当朝皇帝都称之为皇叔。而他的形象，则在乔国老口中和吴国太眼中得到肯定，乔国老称刘备有“龙凤之姿，天日之表”，吴国太一见刘备也大喜说“真吾婿也”，就连孙权

---

① 陈建宪：《神祇与英雄：中国古代神话的母题》，三联书店 1994 年版，第 135—136 页。

一见刘备也觉得刘备仪表非凡。而至于刘备的能力，则通过诸葛亮的三条锦囊妙计体现出来。作为神话英雄的刘备，在诸葛亮三条锦囊妙计的指引下，借助赵云的帮助，破了周瑜与孙权设下的一条条计策，成功娶到了孙夫人，并且成功摆脱了周瑜、孙权的几路追兵，毫发无损地返回荆州。从而证明了作为男性的他具备获得妻子并担负起重担的能力。这类神话母题，在许多文学作品中也都有体现，例如《杨家将演义》第三回中，有呼延赞招亲的情节，当时马坤有意招呼延赞为女婿，但他的女儿金头娘要考察呼延赞的武艺。

> 二人于教场中，再决胜负。马忠、刘氏、马坤等，立于寨门外观望，见二人各举军器，斗上二十余合，胜负不分。马氏自思："赞之枪法极熟，且试他射箭如何。"即勒转马缰，望将台而走。赞思曰："此必欲以箭惊我，待赶去看他如何。"亦骤马紧追去。马氏待其相近，弯弓架箭，一连放出三矢，尽被赞闪过。赞曰："偏我不会射箭？"复回马，引马氏赶来，拈弓在手，扣镞而射之，其矢正中马氏头盔。众人喝采。马忠跑出阵来，叫曰："一家人，休得相并。"二人乃各下马，进入寨中。坤笑曰："赞将军武艺精乎？"马氏低头不答。坤知其意，即令焚香为誓，将马氏嫁与呼延赞。赞拜了父母，称谢马坤。是日，众人尽欢而散。①

在这里，呼延赞也是通过展现自己的武艺，证明了自己的能力，从而成就了这门亲事，除此之外，在很多故事中，英雄的婚事是通过"英雄救美"的情节来完成的，通常都是英雄在旅途中偶然在一家借宿时，得知有山贼抢亲，英雄仗义出手打跑山贼，被救女子的父亲出于感激和赏识，招其为女婿的。

① 熊大木编撰：《杨家将演义》，金盾出版社2009年版，第17—18页。

第二节　父与子的冲突——杀父母题的演变

除去以上神话母题之外，《三国演义》中另一个重要的母题就是杀父母题。在希腊神话中有一个著名的故事，忒拜城的国王听到神谕，说他刚刚出生的儿子将来会杀死自己的父亲，娶走自己的母亲。为了避免这个可怕的神谕成真，忒拜王命人把这个孩子抛弃到了郊外，但这个孩子被另一个国家的国王捡走并收为养子，取名俄狄浦斯（Oedipus）。当俄狄浦斯长大后，在一次偶然的冲突中打死了一位老者，也就是他的父亲。而后他因为除掉了危害忒拜的怪兽斯蒂芬斯而被忒拜人民拥戴为国王，娶了前任国王的妻子，也就是他的亲生母亲。后来真相大白，王后自杀身亡，俄狄浦斯在悲痛中刺瞎双眼自我放逐。[①] 这个神话故事中所包含的杀父恋母情结，后世一直称为“俄狄浦斯情结”，作为神话中的一个重要的母题，在文学中反复出现。这一母题的出现有其深刻的原因，“父亲”一词同“母亲”一样，对人类而言都具有特殊的意义。自古以来，特别是当家庭成为社会构成的基本单位之后，人类心灵中都怀有一种对父亲以及母亲的特殊感情，这种特殊感情不仅仅属于任何一个个体，更是一种全人类共有的种族记忆。这种记忆或者说深层潜意识投射在人类文化上，就形成了一种原型。由此生发出一系列的神话与传说。不论是东方还是西方，在几千年漫长的文化传统中，都有关于父亲原型的神话与传说。在神话原型批评代表人物荣格看来，父亲原型是人类集体潜意识中最为常见的原型之一，它一方面象征着绝对的权威，另一方面还象征着巨大的力量。而在这个原型基础上产生的神话母题，往往就从儿子对父亲的反抗开始，从而产生了“杀父”这样的神话母题。

之所以会有“杀父”这样的母题，主要原因来源于儿子对父亲权

---

① 晏立农、马淑琴编著：《古希腊罗马神话鉴赏辞典》，吉林人民出版社 2006 年版，第 151—155 页。

力的挑战与质疑。作为权威、意志象征的父亲，他要求的是子女的服从，并且在家庭这个单位里拥有绝对的权力。父亲在家庭内具有双重角色，作为丈夫，他要求妻子的服从，作为父亲，他要求子女的服从，当这种要求对妻子与子女构成威胁时，就必然会遭到妻子与子女的反抗。古希腊诗人赫西俄德（Hesiod）所著的长篇诗歌《神谱》记载，最先从大地身上诞生出来的是天空之神乌拉诺斯（Uranus），他与地母交合，生下了包括克洛诺斯（Cronus）在内的十二提坦巨神。由于担心子辈的强大力量会对其构成威胁，他从一开始就把儿子们打入黑暗的洞穴。这一残酷的行为激起了妻子与儿女的反抗，地母鼓励孩子们起来造反，她锻造了一把大镰刀，克洛诺斯就是用这把大镰刀阉割了他的父亲——天空之神乌拉诺斯，从而夺取了父亲的权力，自己成为统治者。然而，当克洛诺斯成为最高统治者的时候，也重复了父亲乌拉诺斯的一切。为了防止自己也像父亲那样会被子女所推翻，他将新生的婴儿全部吞食。这再次激起了新一代子女的愤怒，最终克洛诺斯被宙斯等新生的奥林匹斯神所推翻，重蹈了他父亲的覆辙。

此外，弗洛伊德在他的《释梦》中曾以俄狄浦斯的故事为例对杀父娶母的俄狄浦斯情结做出过分析，他认为，当儿童在性发展的对象选择时期，会不自觉地开始向外界寻求性对象。对于幼儿来说，这个对象首先是自己身边的双亲，这种情况下，男孩就会以母亲为选择对象，而同样地，女孩则会以父亲作为选择对象。幼儿之所以做出如此的选择，不仅是由于自身的“性本能”，同时也是因为双亲的刺激加强了幼儿的这种倾向，因为在通常状况下，母亲往往会偏爱儿子，而父亲则会比较宠爱女儿。在此情形之下，男孩就会对他的母亲产生一种特殊的柔情，视母亲为自己的所有物，自然也就会把作为母亲伴侣的父亲看成与自己进行竞争的敌人，从而试图取代父亲在父母关系中的地位。① 在原始社会，当父系社会刚刚取代母系社会而确立起来的时候，人们对父亲这一角色的认识还停留在对生育后代的作用上，而

① ［奥］弗洛伊德：《释梦》，孙名之译，商务印书馆2002年版，第255—263页。

对于家庭之间父与子相处所应当遵循的道德规范以及角色定位都还不成熟。在当时，父亲作为家庭内的主要生产收入的来源，自然也拥有最高的权力，而诸多权力之中，最大的权力就是对家中女性的占有。但是，某一天必然会成长起来的儿子，必然会羡慕并试图取代父亲的地位。这样，当年幼的儿子不断成长到足以挑战父亲的权威的时候，杀父娶母的情况就出现了。

这种原始人类留下的潜意识，依旧会通过变形的方式出现在各种故事里。而在《三国演义》中，有"杀父"行为的最明显的人物就是吕布，作为三国时期最骁勇的战将之一，他有过两次"杀父"的经历。第一次是杀义父丁原，第二次是杀义父董卓，下面来具体分析一下他这两次杀父的行为。第一次杀父的情节发生在《三国演义》第三回中，当时董卓要废汉少帝，荆州丁原反对，引发双方交战。吕布骁勇无敌，董卓为了收服吕布，派李肃带厚礼以及赤兔宝马前去劝降，吕布在接受了董卓的厚礼之后，杀死了义父丁原，投奔董卓。在这里，可以看到，作为儿子的吕布，具有非凡的武艺，已经具备了挑战父亲权威的能力，因此，当他意识到父亲的存在对他产生阻碍的时候，就会表现出杀父意识并将其付诸行动。在这里，父亲的阻碍体现为对财富的分配。在丁原处，吕布没有能够得到对财富的满足，所以他要突破这种阻碍，向父亲的权威提出挑战。更重要的是吕布杀丁原前后所说的那几句话，当李肃前去见他，还没有完全表明来意的时候，他就对李肃说"某在丁建阳处，亦出于无奈"，而在决定杀丁原投董卓之后，他对丁原说"吾堂堂丈夫，安肯为汝子乎"，这里的几句话透露了一个重要信息，那就是吕布长期以来一直认为自己做丁原的义子是一种委屈。作为三国时期的一流武将，他认为自己有足够的实力去获取他应该获得的一切，从而肯定也不满于丁原给予他的待遇，所以在不知李肃来意之前就说出在丁原处只是不得已而为之，如同一个对父亲不满的儿子，因为没有安居之所，不得已暂时不离家出走。而当董卓为他提供了更好的去处时，这个久怀不满的儿子就果断地把弑父这一念头付诸了行动。

吕布的第二次杀父出现在《三国演义》的第八回与第九回，这段故事一般被称为“凤仪亭”，这次杀父行为的导火索是女性。这一段情节讲的是司徒王允为了除掉董卓，将自己的义女貂蝉先许配吕布，后献给董卓，挑起两人的矛盾，从而使吕布倒戈，诛杀了董卓。在这一段故事中，具有更典型的杀父情节，董卓与吕布的矛盾集中表现在对女性占有权的争夺上。由于王允的安排，貂蝉被送到了董卓的府上，由此成为被父亲所占有的女性。而在毫不知情的吕布眼中，作为父亲的董卓夺走了属于自己的女性，而对于同样不知情的董卓而言，作为儿子的吕布，又在觊觎属于自己的女性。在原始社会情况下就已经开始的这种儿子与父亲争夺母亲的战争，在这里以曲折的方式表现了出来。而且还要注意的是，貂蝉展现在吕布面前的，正是母亲对儿子所展现的那种柔情，而董卓所体现的，则正是象征了父亲对儿子的压制，以及儿子处处感受到的父亲与他之间对母亲的争夺。董卓从一开始见吕布窥探貂蝉时便是大怒，令左右侍从把吕布赶出，以后不许进入内室，虽然后来在李儒的劝告下对吕布抚慰了一番，但毕竟没有从根本上解决问题。而在后面的凤仪亭发生的一切，董卓更像是一个强横的父亲，对妻子与儿子之间的亲密关系怀有妒意，在他们之间处处设置障碍。当时董卓入朝议事，吕布趁机离开，去找貂蝉，与貂蝉在凤仪亭私会，而在此时，貂蝉所展现出的，正是一个柔弱的女性向不敢反抗父亲的儿子寻求保护的样子。当时的吕布，还是不敢与父亲抗衡的儿子的形象，因此他还不敢果断地把杀父这一念头付诸行动，只是说要徐图良策。但后来的情况推动了事件的发展，当董卓发现吕布与貂蝉在凤仪亭私会时，勃然大怒，在吕布仓皇逃走的时候用吕布的方天画戟去投掷吕布。在这整个过程中，董卓表现的处处都像是一个强横的父亲，在自己的儿子和妻子之间处处作对，而最终促使吕布下定决心要除掉董卓，扫清这个阻碍。最终结果就是吕布和王允等人合力杀了董卓，《三国演义》中还提了一句“吕布至郿坞，先取了貂蝉”，再次强调了这一次的杀父行为，正是为了争夺对女性的所有权。

此外，《三国演义》中还有另外两个不太明显的“杀父”情节，出现在第七十九回。而且这一回的题目“兄逼弟曹植赋诗 侄陷叔刘封伏法”，也曲折地反映出这一内容。这一回包含两个内容，一是曹操去世后曹丕即位，想要杀死其弟曹植。二是当初关羽在麦城被围的时候，曾经派廖化向刘封求救，但刘封不发救兵，导致关羽被杀。而在这一回中，刘封因此被刘备所杀。这两个情节表面上看来都没有“杀父”的情节，但从深层意义上看，却是“杀父”情节的曲折体现。曹丕之所以要杀自己的同胞兄弟，其原因就在于当年曹操对曹植喜爱有加，一度威胁到了曹丕的世子地位。换言之，曹植对曹丕的危险，根本上是由于其父曹操的偏爱。作为父亲，曹操拥有对整个家庭的权力与财富的分配权，而曹丕即位后对弟弟的迫害，其实正是对当年父亲这一权力的挑战与推翻，因为虽然曹丕具有世子地位并顺利即位，但由于当初父亲的偏爱，弟弟曹植至今仍然对他具有相当大的威胁。正像华歆所提醒的那样，曹植“怀才抱智，终非池中物；若不早除，必为后患”。才智双全，是曹植的能力，但更关键的是，曾经深受父亲宠爱，而且一度将成为世子的人，必然不甘久居人下，所以才说他终非池中之物，恐怕会成为后患。因此，曹丕对弟弟曹植的处置，也就是对父亲当初分配权的一种彻底否定。虽然在强大的父亲面前，曹丕不敢有激烈的反抗行为，而是用权谋取得了自己现在的地位。但在父亲死后，他便废二弟曹彰兵权，试图杀害三弟曹植，这都是对自己父亲的一种否定。而刘封对关羽的坐视不救，也与曹丕类似。当初关羽兵败求救的时候，刘封考虑到叔侄之义，也曾想出兵救援的，但是被孟达阻止，并说了一番话，激怒了刘封，使他对关羽产生了怨恨。当时孟达说，刘封把关羽当叔叔对待，但关羽却没有把刘封当侄子看，当初刘备收刘封做义子的时候，关羽就反对，说已经有儿子了，何必再要义子。特别是后来刘备立世子的时候，征求关羽意见，关羽也反对把刘封立为世子，并建议把刘封派到边远山城。从这里可以看出，刘封与关羽的矛盾，事实上依旧是儿子对父亲权力分配不满的矛盾，怨恨的对象是关羽，但实际上根本原因还是在于对刘备关于世子继承权分配的不满，是对父亲行为的一种否定。要注意的是，儿子对父亲的反抗未必就是正确的，合乎情理的。很多时候，儿子对父亲的反抗是一种不愿受约束的表现，因为，父亲不仅仅是一个权力拥有者，也是一个管理者和秩序的维护者，他是个人意志与社会意志的统一体，这就导致了儿子对父亲的反抗从来都不是顺利的，作为权力拥有者的父亲，对于儿子的反抗行为必然会予以压制、约束，而往往这时候整个社会力量都会站在父亲这一阵营。《三国演义》中，董卓是因为恶贯满盈失去了整个社会力量的支持而被吕布等人所杀，曹丕对曹植的迫害最终在母亲的阻挠下也没有完全实施下去，而刘封的反抗带来的结果则是被刘备处死。

除去此类变形之外，这种“杀父”情节还有另外一种体现方式，那就是通过父辈们的退出与子侄辈的建功立业来证明新一代的成长并成为舞台的中心。通过上面的分析可以知道，儿子之所以要“杀父”主要原因在于父亲对他们的压制，儿子要想取代父亲的地位，就必须排除这一障碍。但是，在家庭伦理建立之后的社会中，“杀父”这一极端行为就成为社会道德与个人情感都所不能容许的，除非父亲的行为已经严重地违背了整个社会的伦理秩序，否则杀父的儿子必然会遭到社会的谴责与惩罚或者内心痛苦的煎熬。俄狄浦斯在得知事情真相后刺瞎双目自我流放就已经向人们展示出，杀害父亲的儿子要承受怎样的惩罚。《三国演义》中的吕布，作为三国时期第一武将，却一直背负上了“三姓家奴”的骂名，特别是后来在白门楼被曹操活捉之后，曾经提出愿意归顺曹操，但曹操征求刘备的意见时，刘备轻轻一句“公不见丁建阳、董卓之事乎”，让曹操恍然醒悟，令武士将吕布推出缢死。这固然是吕布反复无常、背信弃义的下场，但因为所背弃的都是自己的义父，也使得这一下场成为杀父之子的下场。而刘封也是被刘备所杀，民间故事中流传着一些刘封被杀的版本，同情的也明显不在刘封这一方，如京剧《滚鼓山》等，在那里面，刘封更是被刻画成一个因为畏罪而试图造反的人，最终中了张飞之计被杀。尽管如此，新一代的英雄们要想独立的成长还是必须摆脱父亲的藩篱，因此，在文学中，这一杀父母题除去用上面所说的较为激烈的方式体现之外，往往还会以另一种更为缓和的方式出现，那就是父辈们的退场。父辈的这种退场往往不是因为子侄辈的主动夺权，而是由于他们失去了原有的力量，不得不主动退场。宽容一些的父辈，意识到子侄辈的成长，主动把权力和责任交出。像《杨家将》中，杨六郎看到了穆桂英的文武双全，主动将帅印交给穆桂英，而《说岳全传》中，宗泽也看到了岳飞的卓越才能，所以大力推荐。固执一些的父辈，则会坚持自己的权力与责任，直至被强大的敌人毁灭或者击败之后，才会给子侄辈以展示自身能力的空间。

这类杀父母题的变形在《三国演义》中多有出现。首先体现在猇亭之战中，当时刘备起兵伐吴，关羽、张飞之子关兴、张苞英勇善战，屡立大功，刘备称赞说："昔日从朕诸将，皆老迈无用矣；复有二侄如此英雄，朕何虑孙权乎"，结果老将黄忠听了不服，私自去前线，并说："吾自长沙跟天子到今，多负勤劳。今虽七旬有余，尚食肉十斤，臂开二石之弓，能乘千里之马，未足为老。昨日主上言吾等老迈无用，故来此与东吴交锋，看吾斩将，老也不老！"① 这正是上一代的英雄面对新一代英雄崛起时的一种心态。他们不愿意承认新一代人已经实现了对自己一代人的超越，采取种种方式来证明自己的力量。不但黄忠如此，后来的赵云也是如此，在诸葛亮一出祁山的时候，他毛遂自荐要当先锋大将，诸葛亮担心他已年迈，但他坚持要去，并说若不让他为先锋，就一头撞死在阶下。结果是黄忠中箭丧命，赵云连胜三阵后中了敌人埋伏，险些丧命，当时赵云就说过这样一句话："吾不服老，死于此地矣。"而且，值得注意的是，黄忠中箭与赵云被围后，率兵救他们脱险的正是关兴、张苞。可以说，通过这次救援，子侄辈在父辈面前证实了自己的力量，从而实现了这一权力与责任的交接与替换。

此外，历史演义小说中还会设置一种更为缓和的退场方式，那就是英雄在成长的过程中父亲不在身边，这样就避免了英雄成长时可能

---

① 罗贯中：《三国演义》，人民文学出版社 1979 年版，第 706 页。

发生的父子之间的冲突。这种父亲的缺席通常有两种情况，其一是英雄幼年丧父，由母亲或者其他亲属抚养长大。其二是父亲虽在，但因为种种原因没有对英雄进行约束。如忙于自己的事业常年不在家中，等等。看一下《三国演义》中不少人物自幼年开始的成长过程都是遵循了这一模式。蜀汉五虎将中，关羽、张飞、赵云、黄忠都没有其父辈出场从而规避了可能发生的父与子之间的冲突。此外，特别值得注意的就是曹操的情况。曹操在成长过程中父亲虽然在世，但却也未曾对其加以约束。《三国演义》中描述曹操幼年时，“好游猎，喜歌舞，有权谋，多机变”，他的叔叔看见他天天游荡无度很是生气，就告诉了曹操的父亲曹嵩，让曹嵩管教曹操。结果曹操就在见到叔父来的时候，故意跌倒装作中风的样子。结果“叔父惊告嵩，嵩急视之。操故无恙。嵩曰：‘叔言汝中风，今已愈乎？’操曰：‘儿自来无此病；因失爱于叔父，故见罔耳。’嵩信其言。后叔父但言操过，嵩并不听。因此，操得恣意放荡”①。也就是说，对于曹操的实际影响而言，其父亲也是缺席的，可以让他“恣意放荡”，而曹操使用的计谋使得父亲不再相信叔父的话，这一行为也可以看作一种子辈对父辈的挑战，并且成功地消除了父辈带给自己约束，通过这种比较缓和的方式，他可以自由自在地发展自我。小说中这一系列的父亲缺席，一方面确保了英雄在成长的过程中可以自由地发挥自己的意志与才能；另一方面又规避了可能发生的父子冲突，不至于让英雄们背上沉重的伦理负担。

第三节 仪式禁忌相关的神话母题

除去以上题材之外，在《三国演义》中还存在着其他的母题变形。

首先是牺牲与献祭母题的变形。早在旧石器时代，狩猎的人们就开始注意到了献祭的作用，《神话简史》中提到，在旧石器时代的神

---

① 罗贯中：《三国演义》，人民文学出版社1979年版，第8页。

话中，可以发现一个显著的特征，那就是人们对猎杀的动物表现出极大的尊重。人类学家注意到，现代原住民经常把飞禽走兽视为跟他们完全一样的“人”，在他们的故事里，经常有人和动物互相变形的情节；杀死动物等同于杀死一位朋友，在每次狩猎满载而归之时，族人们的心里都会有一种负罪感。① 为了消除这种负罪感，人们发明了安抚及感谢动物的仪式，正如坎贝尔所说的，在熊被杀死之后会有一个仪式，喂那死熊一块它自己身上的肉，让熊保持站立的姿势，看起来像是它自己愿意把自己的肉献给人类当晚餐。② 通过这种方式，他们相信可以安抚熊的灵魂，使动物再度出现。这一切仪式的举行，从现实层面看其目的在于以后可以继续获得源源不断的资源，在精神层面看则同时可以去掉自己的罪责。到了新石器时代，农耕的发明让人们意识到种植是一种生生不息的力量，在当时的人看来，种子被埋入地下，来年长出丰富的果实。在人们眼里，大地如同母亲的子宫一样孕育生命。这就揭示了为什么东西方都有泥土造人的传说，在当时，任何事物都是大地中诞生的这一观念极为流行。在这种情况下，人们为了保持大地生生不息的力量，就要通过各种方式来进行献祭。原始人相信，当他们从大地或自然界获取某种资源的时候，必须要付出相应的报酬。在此基础上就产生了献祭与牺牲的母题，世界许多民族都一度流行人或者是动物尸体可以转化生成为谷物的神话。所谓“献祭”，是人们为了感谢自然或者说神灵的赐予，而向其献上丰厚的礼品，这一祭品可能是当年收获的作物，也可能是狩猎到的动物，还有可能是人的生命。而牺牲，则往往是某个个体为了本族人的利益，主动地或者被动地把自己的生命作为天神的祭品，以换取部落的安定，这种母题在东西方的神话中广泛存在。

在历史演义小说中，牺牲献祭母题往往体现为某个英雄为了更重

---

① ［美］凯伦·阿姆斯特朗：《神话简史》，胡亚豳译，重庆出版社 2005 年版，第 31 页。

② ［美］约瑟夫·坎贝尔、比尔·莫耶斯：《神话的力量》，朱侃如译，万卷出版公司 2011 年版，第 104 页。

要的英雄或者集体的利益而做出牺牲。像《杨家将演义》中，有这样一段情节，当时宋朝皇帝在幽州被困，为了让皇帝顺利脱身，杨继业的长子杨渊平提出假扮宋朝皇帝投降，吸引辽兵注意，宋朝皇帝趁机逃离。而作为替身的杨渊平却与二弟、三弟先后战死疆场。同样地，在另一部小说《说唐传》中，也有这样类似的情节，当时隋炀帝杨广为了把天下英雄一网打尽，假意召开英雄会，布下重重机关，将各路英雄困在城中。当众英雄撤退到城门时，城上放下千斤闸，眼看就要把众英雄困死在城中，这时候太行山寨主雄阔海托住千斤闸放走了众英雄，而自己最终力尽，死在千斤闸下。与此相同的是，在《三国演义》描写的很多战斗中，失败一方的主将如果想要脱身的话，负责断后或者救援的大将通常会牺牲掉自己的生命。从一开始的十八路诸侯讨董卓起，直到后期的姜维九伐中原，这种情况曾多次出现。东吴军方面经历的战斗中，长沙太守乌程侯孙坚作为讨伐董卓的先锋，在汜水关前被华雄劫营，大败而逃。为了确保孙坚安然逃走，大将祖茂主动提出与孙坚交换头盔，从而假冒孙坚引开追兵，孙坚成功脱逃，但祖茂则被华雄一刀斩于马下。这一情节包含了两个关键的要素，一个是牺牲，通过一员战将的牺牲换来了三军主帅的生命。另一个是替身，通过交换孙坚所戴的带有赤帻的头盔，祖茂便成了孙坚的替身，也就是说，在这个过程中，通过一个假身替换掉了真身，正如很多巫术仪式上人们将用草扎的假人烧掉一般。这个过程，正是模拟巫术的一种表现。前面提到过，人们认为，用相似的事物可以代替原来的事物本体。因此，在牺牲献祭的时候，往往会用类似的事物来代替本来要献祭的东西，在本书第三章提到的诸葛亮泸水祭祀的时候，也是用的假人头来代替真人头进行祭祀活动的。而在曹操方面，董卓从虎牢关撤兵，离开洛阳的时候，曹操单独带兵追杀董卓，结果被伏兵杀败，自己也落马被两个小卒擒住。在这危急时刻，曹洪出现相救，下面是他们两人的对话。

> 操曰："吾死于此矣，贤弟可速去！"洪曰："公急上马！洪

愿步行。”操曰：“贼兵赶上，汝将奈何？”洪曰：“天下可无洪，不可无公。”操曰：“吾若再生，汝之力也。”①

在这次战斗的结尾，没有什么人牺牲，但是如果看他们的对话，当时曹操已经不再抱有生还的希望了，但曹洪提出让曹操上马，自己步行作战，并且说“天下可无洪，不可无公”。三军混战的时候，战将放弃战马本身就具有极大的危险，而曹洪的话更是说明了他已经做好了牺牲的准备。与此次经历类似，在后来宛城战张绣的时候，曹操也是靠自己的长子曹昂与自己交换战马才得以脱身，但曹昂则因为步行而被乱箭射死。特别是在此之前，曹操手下的第一猛将典韦，也为了保护曹操安全撤退而战死。在后期，诸葛亮二出祁山的时候，蜀将姜维用计献诈降书诱骗曹真中计，魏将费耀担心有诈，主动提出代替曹真出战，兵败自杀，成为曹真的替死者。诸葛亮五出祁山撤退的时候，埋伏下伏兵，魏将张郃带兵追赶，在木门道中伏，连人带马被射死于木门道中。当时诸葛亮对后面的魏军说了这样一段话：“吾今日围猎，欲射一马，误中一獐。汝各人安心而去；上覆仲达：早晚必为吾所擒矣。”② 在这里，虽然没有明显的代主将牺牲的过程，但通过诸葛亮的话也可以反映出，张郃（獐）是司马懿（马）的代替牺牲者，而且在败报传回之后，司马懿也悲伤不已，仰天长叹，说：“张隽乂身死，吾之过也。”而在刘备的西蜀军方面，也有这样的情况。猇亭一战，陆逊火烧连营八百里，刘备在关兴、张苞的保护下兵败白帝城，大将傅彤断后，被东吴军马重重包围，力战而死。大将军姜维四伐中原的时候，中了邓艾的计谋，被魏军重重围住不能脱身，这个时候是荡寇将军张嶷得知姜维被困，于是带数百骑杀入重围，救出姜维，但张嶷却被乱箭射死。这正如上面所说的，要留住主帅的生命常常需要用部将的生命来进行交换。《三国演义》中充分体现了这一点。

---

① 罗贯中：《三国演义》，人民文学出版社 1979 年版，第 52 页。

② 同上书，第 879 页。

此外，还有另外牺牲的形式，那就是主要英雄们为了某一神圣的事业，奉献了自己的一生。《神话简史》中提道："与其他生物不同，人类会不停地追问意义……从一开始我们就创造出各种故事，把自身放置于一个更为宏大的背景之上，从而揭示出一种潜在的模式，让我们恍然觉得，在所有的绝望和无序背后，生命还有着另一重意义和价值。"①而历史演义中的那些伟大的英雄们，正是把自己的一生放置在一种伟大的目标与追求之上，从而使得生命具有了深刻的意义与价值。

在《三国演义》中，这样的人物首推诸葛亮，他自从二十七岁出茅庐到五十四岁病逝于五丈原，整整二十七年的时间都在为复兴汉室而努力。"鞠躬尽瘁，死而后已"成了他一生的写照，他把自己的一生都贡献给了蜀汉社稷，贡献给了"奖率三军，北伐中原，兴复汉室，还于旧都"的征程。他在《前出师表》中曾经表示，自己本来的人生打算是"苟全性命于乱世，不求闻达于诸侯"，但是感于先帝三顾之恩，所以出山相助，自从他出山之后，火烧博望坡、火烧新野城，连续挫败曹操大军。后来又前往东吴，舌战群儒，智激周瑜、孙权，一力促成了孙刘联盟，使得孙刘联军大破曹操于赤壁，奠定了三分天下的基础。而后又定计取荆州，攻西川、克东川，开创了蜀国前期的辉煌基业。在刘备死后，主少国疑的情况下，他更是担负起了北伐的重任。七擒孟获、六出祁山，殚精竭虑，最终病逝军中。在《三国演义》全书中，一直贯穿着一种拥刘反曹，汉室正统的思想，因而，兴复汉室就成为全书中最为神圣的事件，而诸葛亮正是把自己一生的才智乃至生命都贡献给了这一事业，从而使他具有了牺牲的神圣意义。而且在诸葛亮去世的时候的那种描写也体现了神圣而悲壮的气氛。在他死后，他的继承人姜维又延续了这一事业，九伐中原，最后在大势已去的情况下，自杀殒身，同样成为兴复汉室这一事业的牺牲品。

《三国演义》中还有一类禁忌母题。希腊神话中有这样一个故事，

---

① ［美］凯伦·阿姆斯特朗：《神话简史》，胡亚豳译，重庆出版社 2005 年版，第 3 页。

天神宙斯交给潘多拉一个盒子，并再三叮嘱她不能够打开这个盒子，但出于好奇，潘多拉违背了天神的叮嘱，偷偷打开了这个盒子，于是，装在盒子里的种种灾难与疾病都飞了出去，从此开始危害人间，这就是潘多拉盒子的来历。这种违反要求打破禁忌的故事，在世界各地都有流传。所谓“禁忌”，指的是在一些特定的文化或是在生活起居中被禁止的行为和思想，原始禁忌是人类社会最早出现的一种对社会行为的规范形态，在原始社会里，人与人之间特别是氏族内部的人与人之间所有的关系，几乎都是靠着禁忌来调整的，社会关系通过禁忌的力量得以维持。由于禁忌广泛存在于当时社会生活之中，在神话中也大量地出现关于禁忌起源的解释，违背禁忌所造成的灾难，等等。从而又进一步强化了禁忌的规范作用，后来，尽管禁忌不再像原始社会中那样具有不可被打破的神圣效力，但依旧对社会生活发挥着重大的作用，尤其在一些以宗法制为基础构架的社会中，禁忌发挥着几乎如同法律一般的力量。最早出现的禁忌是乱伦禁忌，即同一氏族内部避免血缘群体受到危害而采取的措施，此后，各种禁忌陆续产生，这类禁忌母题也反复在各类故事中以不同的形式出现。在《三国演义》中，也可以看到类似的变形后的故事，第一个最为明显的就是群英会片段。当时正是赤壁大战前夕，孙刘联军与曹操的大军隔江对峙，曹操手下的谋士蒋干，自告奋勇要过江去说服周瑜投降。而周瑜正想设法除掉曹操的水军统领蔡瑁、张允。蒋干到达江东后，周瑜表面上盛情接待，实际上却暗中设计，让蒋干偷走了他伪造的书信，导致曹操中计，误杀了蔡瑁、张允，解除了东吴水军的心腹大患。在这里，表面上看是周瑜设计让蒋干中计，但如果从禁忌母题的角度来看，蒋干正是那个打破了禁忌而受到惩罚的人。因为当时周瑜大醉，约蒋干回自己的住处，像游学之时那样同榻抵足而眠，而蒋干却趁着周瑜入睡之时，偷偷翻检周瑜的公文书信。作为三军主帅的公文书桌，那里本身就是一个禁忌之所，不是任何人都可以随便靠近并翻看的。而蒋干却打破了这一禁忌。接着，当有人来向周瑜报信时，蒋干又做出了偷听的行为，这也是对禁忌的打破。因而，打破禁忌之人必将受到惩罚。蒋干正是因为打破了禁忌，所以带回了错误的情报，从而沦为千古笑柄。但是，由于社会的进步必须打破以往不适合社会发展的规范，以及人们情不自禁要去触犯禁忌的心理，禁忌母题在不同场合下往往会导致截然相反的结局。

第六章

结语——神话从未离我们远去

通过上面的分析，可以看出，神话在失去了它所诞生的土壤之后，并没有真正地消失，而是通过历史演义文学等载体继续传播下来。从表层意义上来看，神话中形成的种种神话观念深深植根于社会之中，大量地出现在历史演义文学作品中。像本书第三章中所分析的那样，《三国演义》中关于天人关系的神话观念处处可见，而且通过书中人物的命运显示，人如何处理天人关系，决定着人的命运，像袁绍、庞统对星象显示的凶兆不加提防，结果一个兵败乌巢、一个战死落凤坡。诸葛恪、公孙渊不顾出兵前的异兆，结果兵败身亡。而相反地，曹操由于重视了狂风吹断牙旗的征兆，成功地阻止了刘备的劫营行动。而历史演义小说正是通过这些事例，使后世的人们意识到必须正确处理天人关系，并在一定程度上为后人提供了如何处理天人关系的行为准则。而从深层意义上来看，神话原型在历史演义文学中的出现，使得历史演义文学承载了神话所包含的文化因子。由于神话原型是对原始初民时期就有的人类情感、价值标准、民族心理以及生活经验等的高度浓缩与总结，因此，通过对神话原型的继承，历史演义文学把民族文化中的最重要部分得以一代代地传承下来。像第五章中所分析的难题求婚母题、宝物母题、杀父母题等，都是社会集体心理的沉淀。

这样一来，神话通过历史演义文学的传播，就使得其功能得以发挥。具体表现为以下几个方面。

第一，使人们对自然充满敬畏之心。在第三章中，以天人互动为线索展开的分析充分体现了这一点。在神话诞生的时代，人类还处于蒙昧状态，在人类生产力极端低下、认识水平低的情况下，大自然的一切现象使他们感到神奇而又恐慌，以己观物、以己感物的思想使他们把自然神化。自然有了神性，而且一切自然现象都成为神的存在。因而那个时代产生的大量神话其实就是人对自然界各种现象的种种解释，体现着人对自身与自然关系的种种看法。在当时的人们看来，风雨雷电都成了神祇，他们的喜怒哀乐影响着人们的生产生活。尽管神话作为一个特定时期的产物成为历史，但神话观念却大量地存在于社会生活的方方面面，以《三国演义》为代表的历史演义小说中就存在着许多神话观念，比如星象变化就能显示地上人们的吉凶祸福，狂风大作就能预示着某件事情的发生，社会巨变之前就会有种种异象出现，等等。这些历史演义小说一方面通过神灵显圣，各种征兆等事件的描述，使读者体验神圣的存在；另一方面则从神话的角度来解释自然与社会现象，从而使人们对神性的自然充满敬畏之心。尽管人们对于自然也有征服与索取，但总体上是有节制的。这就在一定意义上确保了人与自然的和谐，而今天的环境恶化与生态危机，正是因为人们失去了对自然的敬畏而带来的直接后果之一。

第二，对祖先及文化英雄的敬畏促成了民族的形成与家国一体的责任感。神话中有祖先崇拜，由于人们往往把整个部落与氏族的文化英雄当作祖先崇拜的主体，这样就有助于民族凝聚力的形成。而这种观念在以历史英雄为主角的历史演义文学中得到了进一步的强化，《三国演义》中出现的英雄显圣现象可以传达给人们这样的信息：已经逝去的英雄或者祖先依旧能够以另一种方式存在并显现在这个世界，能够对子孙后代产生影响，或者保佑他们规避危险，或者对他们的不当行为做出惩罚。人们通过对历史演义文学的阅读，进一步加深了对其中英雄的崇拜及对祖先的敬意。在中国，宋代以来出现了关公崇拜，[①] 到了明代，关羽更是被封为三界伏魔大帝，上升到至尊的地

---

① 鲁小俊：《汗青浊酒：三国演义与民俗文化》，黑龙江人民出版社 2003 年版，第 38—42 页。

位。[①] 此外，历史演义文学中体现的那种人物对英雄祖先的自豪感和对家族的责任感，以及逝去但却已经成神的祖先对子孙的保佑与监督等行为，也会以情感体验的方式传递给受众，使他们也能感受到那种情绪，继而对自己的行为也会产生一定程度的影响。特别是历史演义文学往往以乱世为故事开头，如《三国演义》从黄巾军大起义开篇，从而引出了一番风云际会。而英雄们则在那个风云动荡的时代里开疆扩土，建功立业，他们的英雄主义情怀和放眼天下的气魄，更容易发挥那种以天下为己任的楷模作用，潜移默化地感染着后人，影响着后人的行动。

第三，规范人们的行为。每个具体的人，作为社会中的个体，其行为选择在很大程度上受社会的影响。而由于种种因素限制，任何人都不可能充分地与整个社会接触，而历史演义文学中所包含的神话观念，以及通过原型所体现的价值取向与道德评判标准，则是全社会的共同的价值观、世界观的积累与沉淀。第四章所分析的英雄成长的道路，事实上可以用来象征每个人成长的道路，通过象征的方式，人们可以找到自己在神话中对应的位置，从而可以通过历史演义文学获得与全社会的联系，由此把个体与社会整体联系起来，自觉或不自觉地对历史演义文学做出回应，从而修正自己的行为。正如梁启超所说："全国大多数人之思想业识，强半出自小说，言英雄则《三国》《水浒》《说唐》……此种势力，蟠结于人人之脑识中，而因发为言论行事，虽具有过人之智慧、过人之才力者，欲其思想尽脱离小说之束缚，殆为绝对不可能之事。"[②]

第四，赋予人行动的意义。神话原型作为人类经验的总结，通过对其变形的继承，使人们可以从中吸取经验教训，获得情感体验，而作为个体的人更是能够从英雄冒险的旅程中学习人生，通过与英雄冒险旅程的对应，使人们意识到自己行动的意义。伊利亚德曾经指出，

---

① 刘海燕：《从民间到经典》，上海三联书店 2004 年版，第 218 页。

② 朱一玄、刘毓忱编：《三国演义资料汇编》，南开大学出版社 2012 版，第 653 页。

当前的世界是一个“去神圣化”的世界，在这个世界中，“宗教史”可以开拓我们的事业，帮助我们寻找人类存在的意义。[1] 事实上，他所讲的“宗教史”，与神话是密不可分的。在很长一段时间内，人们以神话为指导，进行着生产与社会活动，并借由神话体验人生的意义与价值。而在神话消失后的岁月里，人们通过包括历史演义文学在内的那些保存有神话观念与原型的文学艺术作品来寻求、体验人生的意义与价值。

进一步来说，由于历史演义文学在中国社会中发挥着重要的作用，并且极其广泛地反映了中华民族的思想与文化，因此，通过历史演义文学中的神话观念与神话思维的考察，也可以理解到中华文化的一些特殊之处。

首先最主要的一个特点就是天人合一的观念。这种观念早在商周时代就已经产生，主要包括两方面：一方面在于天对人的命运的主宰以及人对天的效仿，另一方面在于天与人的一体，不可分割。这种人类与自然和谐相融、相辅相成的关系以神话的方式体现在历史演义文学中，就使得民间对这种思想有了极大的认同。正如第三章中所讲的，东汉末年，由于皇帝昏庸，宠信宦官，所以天降灾异，预示着乱世的到来。而当国家太平的时候，则会有祥瑞出现，象征着贤明的君主即将出现。而人们顺应天意去做事的时候，往往会得到益处，而违背天意则会受到某种形式的惩罚。有些时候，某些特殊的事件或者状态，往往会意外地给人带来幸运或者厄运。像关羽张飞，由于一生不失信义，所以死后被敕命为神，而像董卓那样，生前残暴横行，结果死后尸体都被天雷震碎。道号凤雏的庞统，则被乱箭射死在落凤坡前。这样一来，人们自觉不自觉地就会使自己的行动去遵循某种神秘不可言说的力量的指导，逐渐形成了种种的风俗与禁忌。因此，与中华文化沟通特别是与中国民间文化进行交流的时候，必须注意到这种

---

① ［罗马尼亚］米尔恰·伊利亚德：《神圣的存在》，晏可佳、姚蓓琴译，广西师范大学出版社2008年版，第9页。

天人关系的影响及作用。

其次是家国一体的观念，神话思维中的灵魂观念引发的祖先崇拜是家国一体观念的根基，正是由于人们相信死去的祖先或者本部落的领袖与英雄能够以灵魂的方式存在，并能给子孙后代带来影响，从而形成了这种崇拜方式，像《三国演义》中关公显圣的情况那样，保佑了自己后人的安全。而诸葛亮在定军山显圣，也保佑了蜀地的人民不受兵戈之苦。由于在原始时期的神话中，部落英雄也被看作整个部落共同的祖先，因此，一个民族就往往在共同祖先的名义下团结起来，形成家国一体的观念。而这种思想延续到历史演义小说中并广泛传播，就使得这种思想也成为中华文化的组成部分之一。历史演义文学中英雄显圣的神话，以及由此衍生出的各种传说，进一步强化了广大受众心中的这一观念。

参考文献

陈建宪:《神话解读》, 湖北教育出版社 1997 年版。

陈建宪:《神祇与英雄: 中国古代神话的母题》, 三联书店 1994 年版。

冯梦龙编著:《东周列国志》, 齐鲁书社 2005 年版。

方克强:《原型题旨:〈红楼梦〉的女神崇拜》,《文艺争鸣》1990 年第 1 期。

郭爱妹、陈晴钰:《荣格分析心理学的女性主义解读》,《南京师大学报》(社会科学版) 2012 年第 2 期。

高一农:《神话思维的基本特征》,《晋阳学刊》2000 年第 6 期。

孔又专:《万物有灵论与原始宗教观念: 读泰勒〈原始文化〉散札》,《三峡论坛》2011 年第 6 期。

黄悦:《神话叙事与集体记忆:〈淮南子〉文化阐释》, 南方日报出版社 2010 年版。

胡志毅:《神话与仪式: 戏剧的原型阐释》, 学林出版社 2001 年版。

李学勤主编:《十三经注疏》, 北京大学出版社 1999 年版。

罗贯中:《三国演义》, 人民文学出版社 1979 年版。

鲁子建:《读〈三国演义〉谈星象占卜》,《文史杂志》2004 年第 1 期。

刘卫英:《明清小说神授法宝模式及其印度文化渊源》,《华南师范大学学报》(社会科学版) 2007 年 第 4 期。

马新、贾艳红、李浩:《中国古代民间信仰》, 上海人民出版社 2010 年版。

沈伯俊、谭良啸编著:《三国演义大辞典》, 中华书局 2007 年版。

司马迁：《史记》，中华书局1959年版。
宋兆麟：《巫与巫术》，四川民族出版社1989年版。
谭佳：《断裂中的神圣重构：春秋的神话隐喻》，南方日报出版社2010年版。
钱彩：《说岳全传》，岳麓书社2012年版。
无名氏：《说唐传》，岳麓书社2012年版。
吴光正：《中国古代小说的原型与母题》，社会科学文献出版社2002年版。
王增永：《神话学概论》，中国社会科学出版社2007年版。
熊大木编撰：《杨家将演义》，金盾出版社2009年版。
叶舒宪：《高唐神女与维纳斯》，中国社会科学出版社1997年版。
叶舒宪：《神话的意蕴与神话学的方法》，《淮阴师范学院学报》（哲学社会科学版）2002年第24期。
叶舒宪编：《神话—原型批评》，陕西师范大学出版总社有限公司2011年版。
晏立农、马淑琴编著：《古希腊罗马神话鉴赏辞典》，吉林人民出版社2006年版。
岳红琴：《先秦时期太阳崇拜及其对人类社会生活的影响》，《商丘师范学院学报》2005年第4期。
袁珂：《中国神话通论》，巴蜀书社1991年版。
袁珂编著：《中国神话传说词典》，北京联合出版公司2013年版。
杨利慧：《神话与神话学》，北京师范大学出版社2009年版。
杨春艳：《神话思维与神话》，《阜阳师范学院学报》（社会科学版）2003年第3期。
赵杏根：《西汉“灾异说”简论》，《闽江学院学报》2010年第6期。
［美］米尔恰·伊利亚德：《神圣与世俗》，王建光译，华夏出版社2002年版。
［美］米尔恰·伊利亚德：《神圣的存在》，晏可佳、姚蓓琴译，广西师范大学出版社2008年版。

[美] E. 希尔斯：《论传统》，傅铿译，上海文艺出版社 1991 年版。

[美] 阿兰·邓迪斯编：《西方神话学论文选》，朝戈金译，上海文艺出版社 1994 年版。

[美] 约瑟夫·坎贝尔：《千面英雄》，张承谟译，上海文艺出版社 2000 年版。

[美] 约瑟夫·坎贝尔、比尔·莫耶斯：《神话的力量》，朱侃如译，万卷出版公司 2011 年版。

[美] 勒内·韦勒克、奥斯汀·沃伦：《文学理论》，刘象愚译，江苏教育出版社 2008 年版。

[美] 凯伦·阿姆斯特朗：《神话简史》，胡亚豳译，重庆出版社 2005 年版。

[美] 戴维·利明、埃德温·贝尔德：《神话学》，李培茱、何其敏、金泽译，上海人民出版社 1990 年版。

[美] 菲尔·柯西诺：《英雄的旅程：与神话学大师坎贝尔对话》，梁永安译，金城出版社 2011 年版。

[美] 雷蒙德·范·奥弗编：《太阳之歌》，毛天祜译，中国人民大学出版社 1989 年版。

[英] 爱德华·B. 泰勒：《原始文化》，连树声译，广西师范大学出版社 2005 年版。

[英] 詹·乔·弗雷泽：《金枝》，徐育新、汪培基、张泽石译，大众文艺出版社 1998 年版。

[英] 马林诺夫斯基：《巫术科学宗教与神话》，李安宅译，商务印书馆 1936 年版。

[法] 克劳德·列维－斯特劳斯：《结构人类学》，陆晓禾、黄锡光译，文化艺术出版社 1989 年版。

[法] 列维·布留尔：《原始思维》，丁由译，商务印书馆 1981 年版。

[奥] 弗洛伊德：《释梦》，孙名之译，商务印书馆 2002 年版。

[德] 恩斯特·卡西尔：《神话思维》，黄龙保、周振选译，中国社会科学出版社 1992 年版。

［瑞士］荣格：《原型与集体无意识》，徐德林译，国际文化出版公司 2011 年版。
［加］诺斯罗普·弗莱：《批评的解剖》，陈慧、袁宪军、吴伟仁译，百花文艺出版社 2006 年版。
［意］维柯：《新科学》，朱光潜译，商务印书馆 1989 年版。